Alice au bal masqué

Retrouvez *Alice* dans la Bibliothèque Verte

Alice et le chandelier
Alice et les faux-monnayeurs
Alice au manoir hanté
Alice et les diamants
Alice au ranch
Alice et la pantoufle d'hermine
Alice et le violon tzigane
Alice au bal masqué
Alice et le diadème
Alice et le carnet vert
Quand Alice rencontre Alice
Alice au Canada
Alice et les chats persans
Alice et la malle mystérieuse
Alice et l'esprit frappeur
Alice écuyère
Alice en Écosse
Alice chez les Incas
Alice et la réserve des oiseaux
Alice et la rivière souterraine
Alice à Venise
Alice et la poupée indienne
Alice chez le grand couturier
Alice et le cheval volé
Alice chez les stars
Alice et le fantôme de la crique
Alice et l'architecte diabolique
Alice et la dame à la lanterne

Caroline Quine

Alice au bal masqué

Traduction
Hélène Commin

Illustrations
Marguerite Sauvage

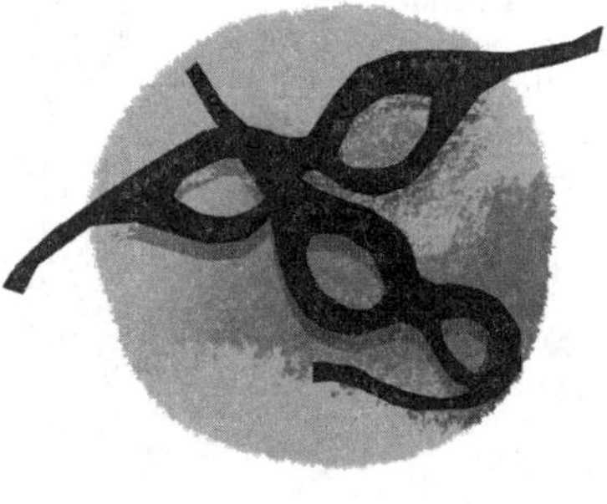

HACHETTE
Jeunesse

Alice

Jeune détective de choc, extrêmement perspicace et courageuse pour ses dix-huit ans. Au volant de son cabriolet, elle se lance dans des enquêtes toujours trépidantes… quitte à affronter des adversaires aussi malhonnêtes que dangereux !

Marion

Le garçon manqué de la bande. Avec Bess, c'est la meilleure amie d'Alice… Grande sportive, elle a le goût de l'aventure, et ne dit jamais non à une bonne enquête !

Bess

C'est la cousine de Marion. Gourmande, coquette et aussi un peu timorée, elle finit cependant toujours par suivre ses amies dans les aventures les plus risquées…

James Roy

Le père d'Alice.
Ce célèbre avocat prête souvent main-forte à sa fille dans ses enquêtes... quand ce n'est pas Alice qui l'aide à résoudre les énigmes les plus ardues !

Ned

Lorsqu'il n'est pas retenu par ses épreuves sportives ou par ses cours à l'université, ce beau jeune homme aide les trois amies à résoudre les mystères les plus ténébreux... pour le plus grand plaisir d'Alice !

L'ÉDITION ORIGINALE DE CE ROMAN A PARU
EN LANGUE ANGLAISE CHEZ GROSSET & DUNLAP,
NEW YORK, SOUS LE TITRE :
THE CLUE OF THE VELVET MASK

Traduction revue par Anne-Laure Estèves.

Hachette Livre, 43, quai de Grenelle, 75015 Paris.

chapitre 1

Le bal masqué

— Ce costume te va à ravir, Alice, affirme Sarah.

Elle ajoute en souriant :

— Il te donne un petit air mystérieux...

Alice Roy achève de s'habiller pour le bal masqué auquel elle est invitée ce soir-là chez les parents de Gloria Hendrick, une ancienne camarade de lycée. Elle doit s'y rendre en compagnie de Ned Nickerson, son chevalier servant. Pour l'occasion, elle a revêtu un déguisement de grande dame espagnole : longue robe rouge à volants et mantille de dentelle. Debout devant son miroir, la jeune fille ajuste soigneusement la perruque brune qui dissimule ses boucles blondes. Un loup de satin noir cache son visage, ne laissant apparaître que ses yeux bleus pétillant de malice.

— Tu sais que tu as raison ? répond-elle d'un ton joyeux à la gouvernante, qui l'a élevée tendrement depuis la mort de Mme Roy, survenue alors qu'elle n'avait que trois ans. J'ai le pressentiment qu'il va se passer quelque chose d'extraordinaire ce soir !

Quelques instants plus tard, Alice entre dans le salon où son père, James Roy, installé comme à l'habitude dans son fauteuil préféré, lit le journal du soir.

— Quelle élégance ! s'écrie-t-il en l'examinant d'un air amusé. Tu vas faire tourner la tête de tous tes danseurs ! Méfie-toi, dans ce genre de soirées, il y a toujours un traître à l'œil ténébreux qui se glisse parmi les invités pour gâcher l'ambiance...

La jeune fille se met à rire.

— Qu'il se montre ! lance-t-elle. Je lui réglerai son compte !

James Roy sourit ; l'avocat reconnaît bien là sa fille, toujours prête à se lancer dans de nouvelles aventures. À vrai dire, il ne peut songer sans fierté à l'habileté et à la clairvoyance avec lesquelles elle a élucidé plusieurs énigmes particulièrement difficiles et tenues pour indéchiffrables par la plupart des enquêteurs professionnels. Grâce à ses dons, elle s'est ainsi forgé une solide réputation de détective amateur à River City.

— Au fait, reprend James Roy, où est passé ton ami Ned ? Il devrait déjà être là, il me semble. Vous allez finir par être en retard !

Il est en effet près de vingt heures trente à la pendule du salon. Pourtant, le jeune homme avait promis d'arriver dès vingt heures pour mettre le déguisement que son amie a loué pour lui chez un costumier de River City. À cet instant, un coup de sonnette retentit.

— C'est Ned ! s'exclame la jeune fille.

Elle court ouvrir la porte d'entrée et accueille son ami par une grande révérence. En la voyant plonger ainsi dans sa jupe éclatante tout étalée autour d'elle, Ned est si surpris qu'il en reste un moment bouche bée. Puis il laisse échapper un sifflement d'admiration :

— Tu est magnifique, Alice ! Et moi qui trouve le moyen de te faire attendre... Je suis désolé, j'ai dû d'abord amener mes parents au théâtre.

La belle Espagnole entraîne le jeune homme dans le salon.

— Viens voir ton costume...

— Hé ! pas si vite ! proteste Ned. Je suis vraiment obligé de me déguiser, moi aussi ?

— Bien sûr ! Et puis le costume est superbe, je suis sûre qu'il te plaira. C'est Linda Seeley qui m'a aidée à le choisir.

— Linda ? Qui est-ce ?

— Une amie d'enfance : on était ensemble à l'école primaire. Maintenant, elle travaille au Joyeux-Carnaval. C'est là que j'ai loué nos tenues.

Tout en parlant, Alice est allée chercher un immense carton. Elle l'ouvre et, feignant mille précautions, en sort un somptueux costume de grand seigneur espagnol du XVIIIe siècle.

— Regarde ! s'écrie-t-elle. Un chapeau à plumes, des chaussures à talons, un col en mousseline et même des manchettes de dentelle ! Qu'est-ce que tu en penses ? Tu auras fière allure en aristocrate espagnol !

— Pour escorter une aussi jolie dame que toi, il fallait bien ça, repartit le jeune homme avec malice. Bon, puisque tu y tiens...

Le jeune homme monte donc se changer et, quelques minutes plus tard, fait son apparition au sommet de l'escalier. Il salue d'un grand coup de chapeau et, prenant une attitude théâtrale, demande :

— Alors ? Comment tu me trouves, Alice ?

— Superbe ! Cet habit te va comme un gant !

James Roy accompagne les deux amis jusqu'à la voiture, que le jeune homme a garée devant la maison.

— Et surtout, Ned, si ma fille essaie encore de vous embarquer dans l'une de ces aventures dont elle a le secret, faites attention à ne pas abîmer votre beau déguisement, lance-t-il, l'air moqueur. N'oubliez pas qu'il est en location !

— Ne vous inquiétez pas, assure le jeune homme. Mais j'espère bien qu'il n'y aura pas d'imprévu !

— On ne sait jamais, réplique l'avocat. Ouvrez l'œil...

À ces mots, la jeune fille se tourne vivement vers son père.

— Dis donc, papa, lâche-t-elle, intriguée, tu as l'air persuadé qu'il va se passer quelque chose ce soir...

— Peut-être...

— Allez ! Dis-moi ce qui te préoccupe ! Pourquoi tant de mystère ?

— J'ai lu dans le journal que, depuis quelque temps, des voleurs profitent des réceptions données dans les maisons les plus riches des environs pour voler des bijoux ou des objets de valeur. Le montant de ces larcins se chiffre en millions.

La jeune détective en herbe écoute ces paroles avec grand intérêt.

— Et tu crois que les voleurs pourraient opérer chez les Hendrick ? questionne-t-elle.

— Les circonstances s'y prêtent assez bien, mais c'est juste une idée, je n'ai aucun renseignement précis. Je vous conseille seulement d'être sur vos gardes, tous les deux.

Alice brûle d'envie de poser d'autres questions à son père, mais il se fait tard. Les deux jeunes gens se mettent en route pour la résidence de la famille Hendrick.

La fête bat déjà son plein lorsqu'ils arrivent. Dans la salle de bal, brillamment éclairée par d'immenses lustres de cristal, la foule des danseurs se presse.

— Je ne reconnais personne..., déclare la jeune fille en observant les couples masqués.

Une ballerine en tutu passe devant elle, dansant une sorte de charleston au bras d'un troubadour. Puis c'est le tour d'un Pierrot et de sa Colombine, suivis de près par une poupée au teint de porcelaine qui tourbillonne avec un soldat de bois. De leur côté, un superbe Arlequin et un Polichinelle attirent tous les regards, l'un par son costume bariolé, l'autre par la grosse bosse qu'il porte dans le dos.

Ned et Alice ne tardent pas à être abordés par deux de leurs meilleures camarades, Bess Taylor et sa cousine Marion Webb, qui viennent de les apercevoir. La première ressemble à une héroïne de conte de fées, dans sa tenue de Cendrillon. Marion, elle, est habillée en page. Sa tenue lui va à ravir, avec sa silhouette gracile et ses courts cheveux bouclés.

— La fête est très réussie, pas vrai ? demande-t-elle avec enthousiasme. Malheureusement, il commence à y avoir un peu trop de monde pour danser...

— Vous avez vu les bandits ? interroge malicieusement Alice.

Et comme ses amies la regardent avec effarement, elle les met au courant de ce que lui a appris son père.

— C'est horrible ! s'exclame Bess alors que Dave Evans et Burt Eddleton, les cavaliers des deux jeunes filles, arrivent.

— Si les voleurs sont ici, ils portent un masque comme tout le monde. Ainsi, ils peuvent se glisser dans la foule incognito, observe Marion. Moi, je me sens déjà en plein mystère, au milieu de tant de personnes et de costumes étranges !

— Ça faisait longtemps..., murmure Bess, vaguement inquiète.

Elle offre alors à Ned et à Alice de les emmener au vestiaire, où ils pourront se débarrasser de leur veste. Marion, Dave et Burt se joignent à eux et tous montent au second étage de la maison, où plusieurs pièces ont été mises à la disposition des invités.

En redescendant, Marion s'arrête sur le palier du premier et propose à ses compagnons de visiter rapidement la bibliothèque. M. Hendrick, amateur averti, y a exposé la célèbre collection d'objets d'art qu'il a constituée au fil des ans.

Les jeunes gens pénètrent dans une petite pièce, où s'entassent des fragments de sculpture antique, des vases grecs, des faïences et des émaux. Des tableaux de maîtres couvrent les murs. Remarquant une vitrine installée au centre de la bibliothèque, Alice s'en approche et y découvre le trésor qui fait l'orgueil de la famille Hendrick : ce sont des figurines miniatures, les unes en argent ou en ivoire ciselé, les autres peintes sur porcelaine. À sa grande surprise, la jeune fille remarque que la vitrine n'est pas fermée à clef.

— Quelle imprudence ! s'étonne-t-elle. C'est à croire qu'on veut simplifier le travail des cambrioleurs !

— Si on parlait d'autre chose ? s'impatiente Bess. On est venus ici pour s'amuser, pas pour raconter des histoires de brigands !

Ned se met à rire.

— Bien dit, Bess, approuve-t-il. Et maintenant, allons danser !

Les jeunes gens se précipitent dans l'escalier et courent se mêler à la foule qui remplit la salle de bal. L'orchestre est excellent et, quelques instants plus tard, Alice, oubliant toute préoccupation, ne songe plus qu'à se laisser guider et à évoluer au rythme de la musique. Ned est un excellent cavalier et, quand les musiciens attaquent une salsa, il entraîne sa partenaire dans une danse endiablée. Le morceau terminé, la jeune fille s'arrête, hors d'haleine.

Soudain, elle aperçoit son amie Linda Seeley, debout devant les longues tables qui forment le buffet. Voyant que la jeune fille est la seule dans l'assistance à ne porter ni masque ni costume, Alice comprend qu'elle ne se trouve pas là en qualité d'invitée, mais qu'elle a été envoyée par son patron, M. Lightner, qui, en plus de vendre des costumes, organise régulièrement des soirées pour des clients. Saisissant son compagnon par le bras, la belle Espagnole se faufile parmi les danseurs afin de rejoindre son amie. Puis elle relève son masque pour se faire reconnaître.

— Bonsoir, Linda, commence-t-elle.

— Alice ! Que je suis heureuse de te voir, s'écrie la jeune fille. Alors, ton costume te plaît ?

— Il est magnifique ! affirme celle-ci.

Puis elle présente Ned à Linda.

— Comment trouves-tu cette fête ? continue l'employée du Joyeux-Carnaval.

— Très réussie : l'orchestre, le décor, l'atmosphère, tout est parfait !

— Tant mieux, parce que tout a été mis en place par la maison Lightner et j'y ai beaucoup travaillé moi-même. Je ne devais pas être là ce soir, mais M. Tombar, le sous-directeur, a eu un empêchement au dernier moment. Il m'a chargée de le remplacer et je t'assure que je ne suis pas tranquille. Pourvu que tout aille bien jusqu'au bout !

— Il n'y a pas de raison que ça se passe mal, la rassure Alice.

Linda prend un air soucieux.

— Le problème, explique-t-elle, c'est qu'on ne pensait pas qu'il y aurait autant de monde.

— Ah bon ? Comment ça se fait ? questionne Ned, surpris. Des gens sont venus sans avoir été invités ?

— Je crois, oui, répond la jeune fille. On avait pourtant recommandé à Mme Hendrick de faire surveiller l'entrée et de vérifier les cartons d'invitation, mais elle n'a rien voulu entendre.

Dans la salle de bal, la foule est devenue si dense que la chaleur est écrasante. Alice et Ned sortent dans le jardin afin d'enlever leur masque et de prendre un peu l'air. Ils s'asseyent sur un banc et y passent quelques instants à savourer la fraîcheur de la nuit. Puis, comme ils se lèvent pour retourner danser, la jeune fille constate que son loup a disparu.

— J'ai dû le perdre dans l'allée, conclut-elle.

Les deux jeunes gens reviennent en arrière, mais ne le retrouvent pas. Tandis qu'ils poursuivent leurs recherches dans la pénombre, ils entendent des pas crisser sur le gravier.

Tout à coup, un homme apparaît. Très grand, drapé dans une ample cape noire, il tourne à moitié le dos aux jeunes gens et ne remarque pas leur présence. L'inconnu ne porte pas de masque. Les deux amis le voient s'arrêter devant un rosier, qui grimpe le long de la façade de la maison et s'élève jusqu'à la hauteur du premier étage. Puis il s'avance et, posant le pied gauche sur le treillage qui supporte le rosier, il lève le bras droit aussi loin qu'il peut comme pour s'assurer une prise.

— Qu'est-ce qu'il fabrique ? s'étonne Ned.

Bien qu'il ait parlé à voix basse, l'homme l'a certainement entendu, car il s'écarte aussitôt du mur et se jette dans l'ombre des arbustes qui bordent l'allée. Ses pas s'éloignent rapidement.

— Je me demande s'il n'essayait pas d'atteindre les fenêtres de la bibliothèque, au premier étage, suggère Alice. Qu'est-ce que tu en penses ?

— Ça ne serait pas impossible ; ce treillage vaut bien une échelle, confirme le jeune homme en s'approchant du mur.

Au pied du rosier, il voit un objet sombre, qu'il ramasse. C'est une cagoule de velours noir.

— Tiens, puisque tu as perdu ton masque, essaie celui-ci pour voir s'il te va, propose le jeune homme en souriant.

— Pourquoi pas ? répond Alice. Je vais le mettre et le garder jusqu'à ce qu'on retrouve notre homme de tout à l'heure.

Les jeunes gens regagnent la salle de bal. Cependant, il y règne une telle cohue qu'ils doivent vite renoncer à découvrir le personnage qu'ils cherchent. Ils ont déjà abandonné tout espoir quand l'inconnu à la cape surgit auprès d'eux à l'improviste et enlève Alice à son cavalier ! L'homme est masqué mais, contrairement à la plupart des invités, qui portent un simple loup, son visage est entièrement dissimulé par une cagoule de velours noir identique à celle d'Alice ! Ned n'a pas le temps de revenir de sa stupeur que le mystérieux danseur s'est déjà perdu dans la foule, entraînant la jeune fille à son bras.

— J'ai eu un mal fou à vous trouver avec ce monde, dit-il à sa cavalière d'un ton rageur. Mais aussi, pourquoi est-ce que vous ne vous êtes pas déguisée en sultane comme vous me l'aviez dit ? Sans votre cagoule, je ne vous aurais pas reconnue !

Alice écoute en silence, le cœur battant. Ainsi, la personne qui a perdu son masque dans le jardin portait un costume d'Orientale...

— Quelle idiote ! poursuit l'inconnu avec colère. Notre plan a failli échouer à cause de vous.

À cet instant, l'homme aperçoit Ned, qui semble à la recherche de sa partenaire.

— Voilà encore cet imbécile ! chuchote l'inconnu. Décidément, il tient absolument à danser avec vous. Débarrassez-vous de lui le plus vite possible !

Il n'a que le temps de glisser un billet dans la

main de sa cavalière avant que Ned ne vienne lui taper légèrement sur l'épaule pour récupérer la jeune fille. À ce geste, Alice réussit à grand-peine à cacher sa surprise. Elle fait quelques tours de valse sans parler puis, dès qu'elle est certaine que l'homme à la cagoule l'a perdue de vue, elle attire son cavalier à l'abri d'une grande plante verte et lui explique rapidement ce qui vient de se passer. Puis, elle se hâte ensuite de déplier le billet que l'inconnu lui a remis et lit à voix basse :

La Compagnie Rose de l'Est propose des châssis de fenêtre. Marchandise de premier choix. Livrée au comptant. Derrière les vitres, les nuages seront gris argent.

— C'est incompréhensible..., murmure Ned. C'est sûrement une farce.

— Je ne pense pas, répond sa partenaire gravement. On dirait un message codé, et il faut à tout prix le déchiffrer. La fortune des Hendrick est en danger, et tous les gens qui sont ici ce soir aussi !

chapitre 2

Un coup d'audace

Alice et Ned relisent ensemble le mystérieux billet et s'efforcent d'en découvrir le sens caché.

— *La Compagnie Rose de l'Est...*, répète le jeune homme, songeur. Il y a bien une entreprise à River City, qui pose des fenêtres, mais ce n'est pas ce nom-là... Attends, le message fait peut-être référence aux roses qui grimpent sur la façade de la maison ?

— Tu as raison ! Le mur est justement à l'est !

— C'est bien ça ! s'enthousiasme Ned.

Cependant, son visage se rembrunit presque aussitôt :

— N'empêche qu'on n'est pas beaucoup plus avancés que tout à l'heure.

— Écoute, dit la jeune fille. Tu te rappelles que l'homme à la cape noire semblait s'intéresser aux fenêtres du premier étage. Comme par hasard, ce sont celles de la bibliothèque. Ça ne te met pas la puce à l'oreille ?

— Tu veux dire qu'il a l'intention de cambrioler les collections de M. Hendrick ?

— Tout à fait ! Et si on arrive à déchiffrer ce message, on pourra peut-être empêcher les voleurs de mettre leur plan à exécution !

Alice se tait un instant pour réfléchir, puis elle reprend, l'air pensif :

— En fait, je me demande si ce message est vraiment codé... Suppose qu'on se contente de supprimer les mots inutiles, et...

— J'ai compris ! la coupe Ned. Ça donne : *Rose... Est... fenêtre... premier... au comptant...* Alors ?

— C'est limpide ! affirme la jeune fille. Non seulement la bibliothèque se trouve bien au premier étage, mais en plus il me semble que l'une de ses fenêtres est justement la première en partant de l'angle de la façade. Elle s'ouvre peut-être plus facilement que les autres. Quant à ces mots : *au comptant,* ils signifient forcément qu'il y a beaucoup d'argent et d'objets de valeur à prendre pour le voleur qui escaladera la façade en s'aidant du rosier...

— D'accord. Mais comment interprètes-tu la dernière phrase : *Derrière les vitres, les nuages seront gris argent* ?

— Là, je sèche... À moins que...

Alice s'interrompt brusquement, car une idée vient de lui traverser l'esprit. Puis elle s'écrie, triomphante :

— J'ai trouvé !

— Oui ?

— *Derrière... vitres... argent :* ce sont les miniatures en argent qui sont exposées dans la vitrine !

— Bravo, mademoiselle la détective ! Encore une énigme de résolue ! Cela dit, les bandits doivent être prêts à passer à l'action d'un moment à l'autre maintenant...

— Ce qui veut dire qu'il n'y a pas une minute à perdre si on veut les en empêcher ! déclare la jeune fille.

Et elle poursuit d'un ton ferme :

— Ned, va vite te poster au pied du rosier, sous les fenêtres, pour empêcher que quelqu'un n'escalade la façade. Moi, je cours à la bibliothèque voir ce qui s'y passe !

Le jeune homme s'esquive aussitôt, tandis qu'Alice se dirige vers le grand escalier. Dans son souci de déjouer le plan des cambrioleurs, elle ne songe pas le moins du monde au danger qu'elle peut courir dans cette entreprise. Elle gravit les marches en toute hâte et atteint le palier du premier étage. Elle s'élance vers la porte de la bibliothèque, mais s'arrête net. Quelqu'un vient de se jeter au travers de son chemin !

C'est une femme costumée à la turque. Ses vêtements de soie, pailletés et rehaussés de broderies d'argent, étincellent de mille feux. Est-ce la mystérieuse « Orientale » avec laquelle l'inconnu a confondu Alice ? Son visage est dissimulé pour l'instant sous un loup de satin, qui ressemble étrangement à celui qu'Alice a perdu dans le jardin...

La jeune fille examine l'inconnue avec stupeur. Le regard qu'elle sent fixé sur elle est glacial. Mais elle n'a pas le temps d'en voir davantage : subitement, toutes les lumières de la maison s'éteignent !

Au même moment, l'Orientale bondit, saisit les poignets de la jeune fille et, les maintenant d'une seule main, lui applique l'autre sur la bouche pour la réduire au silence. Bien qu'à demi étouffée sous sa cagoule, Alice résiste de toutes ses forces. Cependant, son adversaire se révèle d'une vigueur stupéfiante et la lutte se poursuit dans l'obscurité, indécise, mais acharnée, tandis qu'au rez-de-chaussée, dans la grande salle, retentissent des appels et des cris affolés.

La femme s'efforce à présent d'arracher la cagoule d'Alice. Celle-ci oppose une résistance désespérée, car un instinct mystérieux l'avertit qu'elle doit garder sa cagoule à tout prix. Soudain, elle sent l'inconnue lâcher prise, puis l'entend se précipiter dans l'escalier et le descendre quatre à quatre.

Encore étourdie par la rapidité avec laquelle l'attaque s'est déroulée, la jeune détective se débarrasse de son masque pour reprendre haleine. Elle s'avance ensuite à tâtons vers l'entrée de la bibliothèque. Tout à coup, la porte s'ouvre et, dans l'éblouissement des lumières brusquement revenues, elle voit surgir une employée épouvantée.

— Au secours ! hurle celle-ci. Il faut prévenir la police ! La maison vient d'être cambriolée !

Comme la femme s'élance vers l'escalier, Alice

l'arrête au passage et tente de la calmer. Il ne faut surtout pas semer la panique parmi la foule qui se presse dans les salons du rez-de-chaussée.

— Ne faites pas tant de bruit, s'il vous plaît, lui intime la jeune fille. Je suis détective amateur, vous pouvez me raconter ce qui s'est passé ? Les voleurs sont entrés dans la bibliothèque ?

— Oui, il y a dix minutes, par la fenêtre, répond d'un trait l'employée de maison. J'étais en train de regarder une vitrine quand un homme m'a attrapée par-derrière et m'a plaqué une main sur la bouche. Je n'ai même pas eu le temps de faire un geste et, quelques secondes plus tard, je me suis retrouvée bâillonnée, avec les poignets attachés et un bandeau sur les yeux !

— Comment avez-vous réussi à vous libérer ? questionne Alice.

— J'ai eu du mal, mais, à force de me tortiller dans tous les sens, j'ai fini par y arriver, juste au moment où la lumière s'est rallumée. Malheureusement, c'était trop tard : à part les tableaux accrochés au mur, tout avait disparu.

— Même les miniatures ?

— Oui, mademoiselle... tout ce qui était facile à emporter.

— Par où est-ce que le voleur est parti ? Il a pris l'escalier ou il est passé par la fenêtre ?

— Je n'en ai aucune idée.

— Vous êtes sûre que c'était un homme ? continue la jeune détective. Ce n'était pas plutôt une femme déguisée en Orientale ?

— Non, affirme son interlocutrice sans la moindre hésitation. Je sais de qui vous voulez parler : je l'ai vue rôder sur le palier quand je suis entrée dans la bibliothèque. À mon avis, elle devait faire le guet.

Aucun doute n'est plus permis : le récit de l'employée de maison prouve que cet audacieux cambriolage est l'œuvre de bandits expérimentés. La femme postée sur le palier était de toute évidence une complice chargée de faciliter la retraite du cambrioleur. Alice dévale l'escalier en toute hâte et court rejoindre Ned dans le jardin.

— Qu'est-ce qui se passe ? demande-t-il avec inquiétude. J'ai vu les lumières s'éteindre tout à l'heure.

— La maison a été cambriolée ! l'informe la jeune fille, haletante.

— Certainement pas la bibliothèque, en tout cas !

— Malheureusement si ! Le bandit a dû se sauver par la fenêtre.

— Mais c'est impossible ! s'exclame Ned. Personne n'est passé ici depuis que j'y suis !

— Alors, ça veut dire que le voleur s'est enfui avant que tu ne viennes monter la garde. À moins qu'il n'ait profité de la coupure d'électricité pour sortir tout simplement par la porte de la maison, déclare la jeune fille. Tiens, qu'est-ce que c'est que ça ?

Elle a remarqué un minuscule lambeau d'étoffe accroché à une épine du rosier.

— Je suis persuadée que c'est un morceau de la grande cape de notre mystérieux rôdeur ! s'écrie-t-elle.

Elle dégage le tissu avec précaution et l'examine de près.

— Aucun doute, conclut-elle. Ça, c'est un précieux indice... Viens vite, Ned, peut-être que cet homme est encore là !

Les deux amis regagnent la salle de bal, mais l'étrange personnage avec qui Alice a dansé ne se trouve plus parmi les invités. Tous les visages sont maintenant démasqués. Linda vient de téléphoner à la police et attend avec angoisse l'arrivée des enquêteurs. Le désarroi de la jeune fille est évident, car elle redoute que M. et Mme Hendrick ne rejettent sur elle la responsabilité du désastre.

Alice et Ned lancent une véritable battue dans les jardins et dans le parc, puis fouillent la maison de fond en comble. Mais ils doivent se rendre à l'évidence : la dame turque et l'homme à la grande cape romantique se sont volatilisés.

Là-dessus, le hurlement d'une sirène annonce l'arrivée du car de police. Environ dix hommes en descendent et commencent immédiatement leur enquête. En examinant les lieux, ils déduisent rapidement que le voleur s'est introduit dans la bibliothèque par la première fenêtre en partant de l'angle de la façade. De plus, les précisions que leur fournissent Alice et l'employée de maison les convainquent que le bandit avait deux complices à l'intérieur de la maison : une femme déguisée en

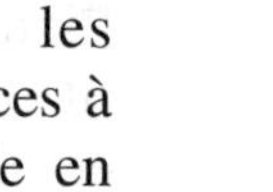

Orientale et un autre, chargé de couper le compteur électrique au moment voulu.

Ensuite, les enquêteurs interrogent tous les invités et écoutent avec un intérêt particulier le récit d'Alice et Ned. Leur surprise atteint son comble lorsque la jeune fille leur montre les pièces à conviction qu'elle a récupérées : le billet donné par le bandit, le morceau de tissu arraché à sa grande cape et enfin la cagoule de velours noir que sa complice aurait dû porter.

— Vous ne seriez pas Mlle Alice Roy, la détective ? s'enquiert le commissaire Kelly.

— Si, monsieur.

— Eh bien, reprend l'officier, je ne peux que vous féliciter pour les précieux indices que vous avez rassemblés. Alors, vous dites que l'homme qui vous a fait danser portait un masque comme celui-ci ?

— Oui, confirme Alice.

Après un temps, elle demande :

— Est-ce que je peux emporter cette cagoule chez moi ? J'aimerais la montrer à mon père pour savoir ce qu'il en pense.

Le policier réfléchit un instant.

— C'est d'accord, mademoiselle, accepte-t-il enfin. Si j'en ai besoin, je vous préviendrai...

Tandis que cette conversation se poursuit, l'un des enquêteurs, le brigadier Ambrose, commence l'interrogatoire de Linda. La jeune fille semble terrifiée devant cet homme très grand à la mine sévère et aux manières un peu brusques.

— Vous êtes bien la personne qui était chargée d'organiser cette fête, n'est-ce pas ? demande-t-il froidement.

— Oui, monsieur, admet Linda d'une voix tremblante. Mais ce soir, je ne suis venue que parce que mon chef de service, M. Tombar, a eu un empêchement de dernière minute. Il m'a priée de le remplacer.

Pendant le quart d'heure qui suit, le brigadier interroge la jeune fille sans répit. Comprenant que le policier cherche à la mettre en cause, Linda, très intimidée, ne profère que des réponses hésitantes et maladroites, tandis que les questions se font de plus en plus précises. Finalement, Ambrose coupe court.

— On va voir ce que pense le chef de tout ça, décide-t-il. Je vous emmène.

À ces mots, la jeune fille éclate en sanglots et, se précipitant vers Alice, elle se jette à son cou.

— S'il te plaît, fais quelque chose ! supplie-t-elle. Je ne veux pas aller en prison ! Comment est-ce que je vais sortir de là ? Il faut que tu m'aides !

chapitre 3

Alice se renseigne

Alice sait parfaitement que le policier ne peut pas arrêter Linda sans avoir de preuve formelle qu'elle est impliquée dans l'affaire. Mais alors, pourquoi cherche-t-il ainsi à l'effrayer ?

— Mlle Seeley n'a rien à voir avec ce cambriolage, affirme-t-elle. Tout à l'heure, quand je suis arrivée, elle m'a confié qu'elle était très inquiète de voir qu'il y avait autant de monde. Apparemment, beaucoup de gens sont entrés sans invitation.

Le brigadier Ambrose se tourne alors vers Mme Hendrick.

— C'est exact, madame ?

— Oui, admet la maîtresse de maison. Et pourtant, Mlle Seeley nous avait prévenus. Nous aurions dû l'écouter un peu plus.

À cet instant, le commissaire Kelly intervient :

— Si Alice Roy est prête à répondre de Mlle Seeley, je pense que nous pouvons la croire sur parole.

— Linda est mon amie, répond la jeune fille simplement.

— Dans ce cas, ça me suffit, déclare le brigadier d'un ton courtois.

La jeune fille glisse son bras sous celui de sa compagne et l'entraîne aussitôt.

— Viens avec moi, dit-elle. On va te raccompagner chez toi.

Un peu plus tard, alors que la voiture de Ned roule vers le centre-ville, Alice se retourne vers son amie et lui demande :

— Au fait, Linda, vous n'avez pas loué de grande cape noire au Joyeux-Carnaval ?

— Non, aucune. Et pourtant, on a fourni un assez grand nombre de costumes pour le bal de ce soir.

— Vous avez aussi loué des masques ? continue la jeune détective avec curiosité.

— Oui, mais aucun comme celui que tu as trouvé...

Quand Alice rentre chez elle, elle trouve son père qui l'attend en étudiant le dossier d'une affaire qu'il doit plaider le lendemain. La jeune fille se laisse tomber dans un grand fauteuil de cuir.

— Tiens, regarde ce que je t'apporte, lance-t-elle, en tendant à son père la cagoule de velours noir. Tu avais raison, les voleurs se sont invités au bal.

La jeune fille raconte à son père les événements de la soirée et conclut :

— J'ai obtenu l'autorisation des policiers de garder le masque. Je suis sûre que c'est un précieux indice.

James Roy réfléchit quelques instants, puis s'informe :

— Tu connais vraiment bien Linda Seeley ?

— Pas exactement, explique sa fille avec embarras. On était à l'école primaire ensemble, mais maintenant on ne se voit plus très souvent.

— Elle risque d'avoir des problèmes, reprend l'avocat. En fait, le Joyeux-Carnaval est déjà en difficulté à cause de plusieurs affaires du même genre... Mais tu dois rester discrète sur ce point, Alice, parce que le directeur de la maison, M. Lightner, m'a demandé de défendre ses intérêts. Plusieurs personnes l'ont menacé de le poursuivre en justice.

— Qui ?

— D'anciens clients qui ont été victimes de cambriolages pendant une réception ou une fête organisée chez eux par son entreprise. Comme leur assurance ne couvrait pas tous les risques, ils se retournent maintenant contre le propriétaire du Joyeux-Carnaval. De son côté, il rejette toute responsabilité.

— Alors, tu vas le défendre ?

— Oui, probablement. C'est un vieil ami, je peux bien faire ça pour lui. D'ailleurs, il faudrait mener une petite enquête dans son entreprise... Malheureusement, je suis débordé en ce moment et

je vais m'absenter un jour ou deux pour une affaire compliquée.

— Et si j'essayais de me renseigner à ta place sur le Joyeux-Carnaval ? propose Alice, enthousiaste.

James Roy ne peut s'empêcher de rire.

— J'aurais dû m'en douter ! s'exclame-t-il. Eh bien, c'est d'accord ! Si tu veux, tu pourras commencer dès demain. Pose toutes les questions que tu veux à M. Lightner et rapporte-moi le plus de renseignements possible sur les employés, en particulier sur Linda.

— Tu peux compter sur moi !

Le lendemain matin, la jeune fille part de bonne heure pour le Joyeux-Carnaval. Les bureaux de l'entreprise se situent dans une petite rue étroite, à la lisière des quartiers commerçants de River City. La jeune détective demande à voir M. Lightner en personne et, très vite, apparaît un homme maigre, au visage maladif, dont les gestes et la parole saccadée trahissent une grande nervosité. Elle se présente alors rapidement et lui explique la mission que son père lui a confiée.

— Je suis à votre disposition, mademoiselle, déclare l'homme quand elle a terminé. Mais au fait, j'espère que vous avez été contente de vos costumes.

— Ils étaient parfaits. Grâce à Mlle Seeley, qui m'a aidée à les choisir.

— Linda est une excellente employée, affirme

alors M. Lightner. Ça ne fait pas très longtemps qu'elle travaille chez nous, mais elle apprend vite et elle a de très bonnes idées.

Cependant, Alice regarde autour d'elle, fascinée par l'extraordinaire collection de masques qui s'étale sur les murs de la pièce. L'un d'eux retient particulièrement son attention : c'est une sorte de cagoule rigide en forme de cylindre dont le sommet est surmonté d'une paire de cornes.

— Vous vous intéressez aux masques ? la questionne M. Lightner.

— Beaucoup, répond la jeune fille. Votre collection est magnifique.

— Je l'ai constituée moi-même, tout au long de ma carrière, explique l'homme avec fierté. Tenez, regardez celui qui est accroché là-bas près de la fenêtre : il représente le dieu du feu chez les Aztèques, et je l'ai acheté à un chef indien au Mexique.

— J'imagine que vous devez aussi avoir des modèles plus courants, en satin ou en velours par exemple ? suggère la détective.

— Bien sûr. Ils sont rangés dans une armoire spéciale au fond du magasin aux costumes. Vous désirez les voir ?

— Avec plaisir !

Le directeur appuie aussitôt sur un bouton d'appel, puis demande à l'employé qui accourt de guider la jeune fille.

— Dommage que je n'aie pas le temps, j'aurais aimé vous faire faire cette visite moi-même, s'excuse M. Lightner. Je ne me lasse pas de parler de ma collection.

— Vous louez aussi des capes ?

— Oui. M. Dale se fera un plaisir de vous en montrer quelques-unes quand vous aurez vu nos différents modèles de masques.

La jeune fille remercie M. Lightner, puis se dirige vers le magasin aux costumes, escortée par l'employé. Celui-ci, ravi de l'intérêt que semble manifester la visiteuse, lui donne des précisions sur l'utilisation des masques dans le passé.

— Autrefois, les grandes dames de France et d'Angleterre, qui utilisaient beaucoup de poudre et de rouge, portaient souvent un masque pour protéger leur visage du soleil, de la poussière et du vent. Les loups étaient en velours doublé de soie. Certains étaient même dotés de verre, au niveau des yeux.

Cependant, Alice se hâte de couper court à cet exposé pour aborder le sujet qui lui tient à cœur :

— Hier soir, chez les Hendrick, j'ai dansé avec quelqu'un qui portait justement l'une de ces grandes capes noires dont me parlait M. Lightner tout à l'heure. Il l'avait peut-être louée chez vous ?

— Je ne pense pas, mademoiselle. Aucun des clients que nous avons eus pour ce bal masqué ne m'a demandé ce genre de vêtement. Ils voulaient tous des déguisements plus somptueux et plus flatteurs ! Mais si vous souhaitez voir notre collection de manteaux, il n'y a pas de problème.

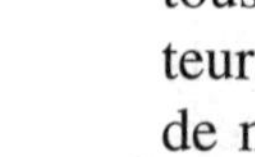

— J'aimerais beaucoup, assure la jeune fille en dominant à grand-peine son impatience.

En effet, il n'est pas impossible qu'un autre employé du Joyeux-Carnaval ait loué un costume au voleur sans que M. Dale le sache...

Ce dernier ouvre une vaste armoire dans laquelle sont rangées des capes disposées sur des cintres. La visiteuse les inspecte rapidement. Soudain, alors que M. Dale s'apprête à refermer la porte de l'armoire, le regard d'Alice se pose sur l'un des manteaux.

— Attendez, s'écrie-t-elle. Je voudrais voir quelque chose !

La jeune fille se penche aussitôt pour examiner de plus près une longue cape noire qui retombe en plis gracieux et amples. Elle remarque un léger accroc juste au-dessus de l'ourlet et s'aperçoit qu'il manque un petit lambeau de tissu.

— On vous a rapporté ce manteau ce matin ? interroge-t-elle.

— Je n'en sais rien, mademoiselle, avoue M. Dale. Mais vous pouvez demander à l'employé qui vérifie les rentrées, à moins que vous ne préfériez vous adresser directement auprès de M. Lightner.

Alice exulte.

« Quelle chance ! songe-t-elle. C'est bien celui que portait mon étrange danseur d'hier soir : je le reconnais. Et il y a un accroc, qui correspond exactement au morceau de tissu que j'ai trouvé sur le rosier ! Impossible de se tromper ! »

— Je vais de ce pas chez M. Lightner, décide-t-elle.

Surpris par le comportement de son interlocutrice, M. Dale l'observe d'un œil effaré. La jeune fille poursuit sur un ton sans réplique :

— Attendez-moi ici, s'il vous plaît. Je n'en ai pas pour longtemps...

chapitre 4

Rencontre avec M. Tombar

Lorsque la jeune fille se présente à nouveau au bureau du directeur du Joyeux-Carnaval, celui-ci vient tout juste de le quitter. Alice le rattrape in extremis dans la rue où il a garé sa voiture. M. Lightner revient sur ses pas de bonne grâce et, en compagnie de la jeune fille, il se rend au magasin des costumes.

À la grande surprise de la jeune détective, M. Dale a disparu. Toutefois, celui-ci est bientôt de retour. Tout essoufflé, il explique que le sous-directeur, M. Tombar, l'a envoyé faire une course urgente.

— C'est bon, bougonne M. Lightner.

Puis, se tournant vers Alice, il enchaîne :

— Et maintenant, voyons un peu ce manteau dont vous m'avez parlé, mademoiselle. On n'aurait jamais dû le remettre en place sans le recoudre !

La jeune fille passe en revue tous les vêtements mais, n'ayant pas trouvé celui qu'elle cherche, elle recommence, en examinant minutieusement chacun d'eux. En vain : la grande cape noire n'est plus là !

— C'est vous qui l'avez enlevée, monsieur ? s'étonne-t-elle en désignant à M. Dale un cintre vide qui se balance sur la tringle de l'armoire.

— Non, affirme l'employé sans hésiter. Et pourtant, je suis sûr que cette cape était là, avec toutes les autres, quand M. Tombar m'a appelé.

— C'est sûrement un de vos collègues qui l'a prise alors, conclut la jeune fille.

M. Lightner fait appeler sur-le-champ les employés qui travaillent dans le magasin aux costumes, mais aucun d'eux ne peut fournir le moindre renseignement.

Alice, elle, écoute l'interrogatoire sans mot dire. Néanmoins, certains soupçons commencent à se glisser dans son esprit. Il lui semble évident que, parmi le personnel du Joyeux-Carnaval, au moins une personne ne dit pas la vérité. En revanche, elle est persuadée que, malgré les apparences, M. Dale n'est pas le coupable.

Soudain, une idée lui traverse l'esprit : le bandit qui a emprunté la cape pour se rendre chez les Hendrick venait peut-être de la remettre en place à l'instant où M. Dale et elle sont entrés dans le magasin. Dans ce cas, l'homme s'est sûrement caché dans les parages, ce qui lui a permis d'entendre la conversation et de voir Alice s'intéresser à l'accroc du vêtement. Ensuite, quand M. Dale s'est absenté, l'homme en a certainement profité pour reprendre le manteau et s'enfuir, faisant ainsi disparaître une redoutable pièce à conviction !

— Est-il possible de savoir qui a loué cette cape pour la soirée d'hier ? s'enquiert enfin la jeune détective auprès de M. Lightner.

— Bien sûr.

Le directeur du Joyeux-Carnaval feuillette le registre sur lequel les locations de vêtements et d'accessoires sont consignées et découvre que, deux jours plus tôt, un certain James Flobear a loué une cape et un masque. L'homme habite à Brandon, au numéro 1 de la grand-rue.

— Brandon est un petit village, à une quarantaine de kilomètres d'ici, explique le directeur. Mais je ne connais pas du tout ce M. Flobear.

Se tournant vers M. Dale, il demande :

— Vous pouvez aller chercher Linda Seeley s'il vous plaît ?

Tandis que l'employé s'exécute, M. Lightner continue :

— Elle en saura certainement plus que moi, puisque c'est elle qui a enregistré la location du costume.

Ces derniers mots étonnent Alice. La veille au soir, son amie n'a-t-elle pas affirmé qu'elle n'avait loué de cape noire à personne ?

Mais lorsque M. Dale revient quelques instants plus tard, accompagné de sa jeune collègue, celle-ci déclare ne rien savoir de cette location.

— Je ne vois pas de quoi vous parlez, bredouille-t-elle. Je n'ai loué de cape à personne et ce n'est pas moi qui ai signé le registre ni délivré le reçu.

Elle continue, d'une voix étranglée par l'émotion :

— Quelqu'un a dû imiter ma signature, sûrement pour essayer de me mettre en cause, puisque le manteau devait servir à un cambrioleur !

À ces mots, M. Lightner bondit.

— Qu'est-ce que vous racontez ? s'indigne-t-il. C'est impossible !

Bouleversé par l'accusation que Linda vient de porter, M. Lightner décide d'interroger le personnel de sa maison, au grand complet cette fois. Tout le monde se présente devant lui, à l'exception de M. Tombar, retenu dans son bureau par une affaire importante. Mais du chef de service à la femme de ménage, en passant par les secrétaires et les vendeuses, personne ne peut fournir le moindre éclaircissement.

M. Lightner se met à marcher de long en large, l'air plus soucieux que jamais. Alice intervient alors et demande aux employés s'ils savent à quel moment la cape a été rapportée dans le magasin. À sa grande surprise, sa question reste là aussi sans réponse.

De plus en plus perplexe, la jeune détective choisit de se mettre immédiatement à la recherche de M. Flobear, le mystérieux client du Joyeux-Carnaval. Elle prend donc congé de M. Lightner et se dirige vers une cabine téléphonique pour appeler les renseignements. Une nouvelle déconvenue l'attend puisqu'on lui apprend qu'aucune personne du nom de Flobear n'habite au numéro 1 de la grand-rue à Brandon.

« J'en étais sûre, se dit la jeune fille en raccrochant. Il a donné un faux nom, pour éviter qu'on le retrouve. »

Sans plus attendre, Alice se rend au commissariat de police. Là, elle a un long entretien avec le commissaire Kelly, à qui elle expose les incidents de la matinée.

— Décidément, vous ne perdez pas de temps sur cette affaire ! s'écrie le policier lorsqu'elle a terminé. Le gang au Masque de Velours nous donne du fil à retordre. Je vais me dépêcher d'envoyer un de mes inspecteurs chez Lightner pour qu'il essaie d'en savoir plus.

— J'imagine que vous avez déjà fait le rapprochement entre les activités de la maison Lightner et les nombreux cambriolages qui ont été commis ces derniers temps lors de réceptions ou de bals donnés dans les grandes maisons de River City ? continue la jeune détective.

— Ce que vous me demandez est strictement confidentiel, mademoiselle, répond le policier après un instant d'hésitation. Il va falloir me promettre de n'en parler à personne.

— Vous avez ma parole.

— Alors voilà : dès le début, nous avons soupçonné le personnel du Joyeux-Carnaval d'avoir un lien avec les bandits et nous avons surveillé tous les employés. J'ai même fait suivre M. Lightner. Ça a duré deux semaines à peu près, mais nous n'avons rien trouvé contre qui que ce soit. Non, à mon avis, il faut laisser tomber cette piste : les voleurs ne se trouvent pas chez Lightner.

— Hier soir, pourtant, objecte la jeune fille, le brigadier Ambrose avait l'air de soupçonner fortement une des employées, Linda Seeley.

— On ne peut rien vous cacher, repartit le commissaire en souriant. En effet, nous gardons cette jeune fille à l'œil. Nous n'avons encore aucune preuve formelle contre elle, cependant ça ne m'étonnerait pas qu'elle fournisse des renseignement sur ses clients aux voleurs.

— Qu'est-ce que vous voulez dire ? s'étonne Alice.

— Tout simplement que Mlle Seeley obtient certainement sa part du butin en échange d'indications précises sur la date et l'organisation des fêtes prévues, la disposition des lieux, la liste et le nombre d'invités, par exemple.

La jeune détective se tait, abasourdie.

— Nous avons été un peu dubitatifs au début parce que cette jeune fille avait toujours eu une très bonne réputation, poursuit le commissaire. Mais son employeur nous a donné quelques informations qui nous ont mis la puce à l'oreille.

— Comment, M. Lightner ? C'est impossible, voyons ! s'étrangle Alice.

— Non, M. Tombar, le sous-directeur. Nous avons eu une grande conversation avec lui après un vol commis justement chez un client du Joyeux-Carnaval. Mlle Seeley avait participé à l'organisation de la réception et, pendant la fête, les cambrioleurs se sont introduits dans la maison.

— Ça ne fait pas d'elle leur complice pour autant ! s'indigne-t-elle.

— En effet. Cependant, M. Tombar nous a dit que c'était elle qui avait dirigé les préparatifs de toutes les fêtes au cours desquelles les voleurs ont opéré.

— Je ne peux pas croire que Linda ait pu faire une chose pareille, affirme Alice.

Elle quitte le commissariat, plus inquiète que jamais sur le sort de son amie et reprend immédiatement le chemin du Joyeux-Camaval.

« Cette fois, il faut que je parle à M. Tombar », songe-t-elle.

Il est presque treize heures lorsque la jeune détective parvient à la maison Lightner. Toutefois, M. Tombar n'est pas encore parti déjeuner. Une secrétaire introduit aussitôt Alice dans une petite pièce encombrée, où le sous-directeur est occupé à examiner un masque égyptien. À son entrée, il lance à la jeune fille un regard hostile. C'est un homme corpulent, au teint mat. Il a le visage carré et une expression dure. Tout de suite, la détective est sur ses gardes. Baissant la voix et prenant le ton de la confidence, elle commence ainsi :

— Monsieur, je suis chargée de faire une enquête au sujet de l'une de vos employées, Mlle Seeley.

À ces mots, une lueur de satisfaction passe dans les yeux sombres de M. Tombar.

— Tiens, tiens ! ricane-t-il. Cette jeune fille aurait-elle par hasard des problèmes avec la police ? Je savais bien que ça finirait par arriver !

— Que lui reprochez-vous ?

— On ne peut pas compter sur elle : c'est une vraie tête de linotte.

— Vous l'avez déjà prise en faute ?

— Pas vraiment, admet M. Tombar, visiblement embarrassé par cette question directe. Jusqu'à présent, elle a toujours trouvé le moyen de retomber sur ses pattes.

— En fin de compte, vous ne pouvez pas l'accuser de grand-chose, conclut Alice avec calme.

Ces paroles provoquent chez l'homme une brusque flambée de colère.

— Mais de quoi je me mêle ? s'écrie-t-il. J'ai bien le droit de me méfier d'elle sans avoir à vous dire pourquoi !

Alice sent le rouge lui monter aux joues, mais elle continue tranquillement :

— Entre nous, monsieur, que pensez-vous de tous ces vols qui ont été commis récemment ?

— J'ai ma petite idée là-dessus, déclare le sous-directeur, prenant aussitôt un air important. Et je suis sûr que vous avez déjà deviné à qui je pense en ce moment !

Alice acquiesce de la tête. Pourtant, bien loin d'être convaincue de la culpabilité de Linda, elle ressent plus que jamais le désir de venir en aide à la jeune fille. M. Tombar, en revanche, ne lui inspire aucune sympathie. Il semble prêt à se débarrasser de son employée au moindre prétexte et Alice se demande pourquoi il cherche tellement à jeter la suspicion sur Linda.

La jeune détective ne s'attarde pas en compagnie du sous-directeur. Elle quitte rapidement le Joyeux-Carnaval et traverse la rue pour entrer dans un petit fast-food. Comme elle commande une tasse de café et un sandwich, elle aperçoit son amie assise à une table dans la salle. Heureuse de cette rencontre imprévue, Alice se hâte de la rejoindre et entame la conversation. Cependant, la pauvre Linda ne répond que distraitement aux questions de sa camarade : elle a l'air fatigué et découragé. La jeune détective doit déployer des trésors de persuasion pour lui faire avouer ce qui la tourmente.

— C'est M. Tombar, explique la jeune fille avec réticence. Il m'a encore fait une scène ce matin.

— Pourquoi ?

— À cause du cambriolage d'hier soir chez les Hendrick, et puis il m'a réprimandée pour l'affaire du manteau.

— Vous ne l'avez pas encore retrouvé ?

— Non, et M. Lightner est dans une colère folle. Depuis cette histoire, tout le monde est d'une humeur massacrante, c'est insupportable.

— Tu peux me parler de ce M. Tombar ?

— Il est odieux : jamais un mot aimable pour personne. Mais comme il connaît très bien son métier et que tout marche parfaitement, M. Lightner ne jure que par lui et le laisse diriger la maison. M. Tombar en profite pour nous mener la vie dure : il ne tolère pas le moindre retard.

— Et lui, il est toujours à l'heure ? s'informe Alice.

— Pour ça, oui ! Mais je t'assure qu'il se rattrape au moment du déjeuner : il prend deux heures presque tous les jours ! C'est chaque fois la même chose : il attend que le personnel soit rentré, et puis il part, toujours seul.

— Tu sais où il va ?

— Je n'en ai pas la moindre idée. En tout cas, il ne reste sûrement pas en ville, parce qu'il prend toujours sa voiture.

— Il faut que j'y retourne ! lance soudain Linda, après avoir jeté un coup d'œil anxieux à la pendule accrochée au mur. Au revoir, Alice, à bientôt !

Restée seule, la jeune fille achève machinalement son sandwich, puis paie la note et sort sans se presser. Au même moment, M. Tombar quitte les bureaux du Joyeux-Carnaval, un paquet à la main. Alice le voit se diriger d'un pas vif vers un cabriolet vert, garé non loin de là. Une idée folle traverse alors l'esprit de la jeune fille : qui sait si l'homme n'emporte pas ce fameux manteau noir, qui a disparu si mystérieusement ?

La détective remarque que les roues du véhicule sont couvertes de terre, ce qui prouve que M. Tombar a roulé récemment en pleine campagne, certainement sur de très mauvais chemins. Si seulement

elle pouvait le suivre ! Malheureusement, elle a laissé son cabriolet au garage ce matin.

Soudain, un taxi surgit au coin de la rue, à quelques mètres de la jeune fille. Celle-ci hèle le chauffeur et saute dans la voiture. À cet instant, M. Tombar démarre de son côté et commence à s'éloigner à toute vitesse.

— Vite, suivez ce cabriolet vert ! jette Alice au chauffeur.

— D'accord, accepte celui-ci.

Il ne faut pas longtemps à la jeune fille pour s'apercevoir que sa manœuvre n'a pas échappé au conducteur du cabriolet. Au premier croisement, il tourne brusquement à droite et, quand le taxi a pris le virage à son tour, la voiture verte est déjà sur le point de disparaître au bout de la rue. Le chauffeur laisse échapper un sifflement d'admiration.

— Eh bien, c'est un rapide celui-là ! lâche-t-il. Mais vous êtes vraiment décidée à ne pas le lâcher, pas vrai, mademoiselle ?

— Tout à fait !

— Alors on y va ! Cramponnez-vous et ouvrez l'œil : si vous apercevez un agent de police, prévenez-moi ! Je fonce !

chapitre 5

Le trouble-fête

M. Tombar brûle un feu rouge, puis s'engage dans une rue transversale en trombe. Le cabriolet se penche sur le côté et Alice croit même le voir pivoter sur deux roues.

— Cet homme est complètement fou, marmonne le chauffeur de taxi, appuyant à fond sur l'accélérateur.

— Ralentissez un peu quand même, conseille sa passagère, prudente. Je préfère qu'il nous sème plutôt que d'avoir un accident !

La jeune fille a à peine prononcé ces mots qu'elle entend un grand bruit de freins en provenance de l'intersection suivante, où M. Tombar vient de brûler un nouveau feu rouge. Cependant, il n'hésite pas une seconde à continuer sa route et tourne brusquement dans une rue sur la gauche. Le taxi doit attendre que le signal passe au vert et les poursui-

vants perdent ainsi quelques précieuses secondes. Lorsque la voiture atteint enfin la ruelle où M. Tombar s'est engagé, le cabriolet vert a disparu.

— Tant pis, décrète Alice. De toute façon, il nous avait repérés et on n'aurait pas pu le suivre jusqu'au bout.

Elle règle la course et ajoute un généreux pourboire, pour remercier le chauffeur de son zèle. Puis, tandis que le taxi s'éloigne, elle se met à réfléchir à la scène étrange qui vient de se dérouler. L'attitude de M. Tombar suffit à prouver qu'il tient à cacher le but de sa promenade. Aucun doute n'est donc plus permis : le sous-directeur de la maison Lightner est un homme à surveiller...

Le lendemain, la jeune fille vient attendre Linda à la sortie du Joyeux-Carnaval et lui propose de la raccompagner chez elle en voiture. Pendant le trajet, elle demande à son amie si elle sait ce que contenait le paquet emporté la veille par M. Tombar. Linda n'en a pas la moindre idée, mais elle explique que le sous-directeur a l'habitude de transporter des colis ou des paquets. La jeune détective pose alors quelques questions sur les prochains engagements de la maison Lightner.

— Nous avons deux déjeuners demain et un petit dîner lundi, déclare Linda. Rien de très important... Ah si ! Il y a le mariage de Mlle Becker, samedi prochain.

— Les Becker sont des gens très en vue, peut-être les plus riches de River City..., murmure son amie, comme se parlant à elle-même.

Puis, après un instant de silence, elle reprend brusquement :

— À mon avis, les mariés vont recevoir des dizaines de cadeaux magnifiques. Ça représentera une vraie fortune, de quoi tenter n'importe quel cambrioleur !

À ces mots, Linda ne peut réprimer un frisson.

— Ne m'en parle pas ! s'écrie-t-elle. Rien que d'y penser, j'en ai la chair de poule. S'il y a encore un cambriolage, on risque de faire faillite.

— Il suffit de prendre les précautions nécessaires, suggère Alice avec calme.

— Mais c'est déjà fait ! Il y aura des inspecteurs de police en civil partout, et les invités seront bien surveillés, tu peux en être sûre. M. Lightner a même insisté pour que l'homme de confiance de M. Becker monte la garde dans la pièce où l'argenterie sera exposée. Et M. Tombar a eu beau dire que ce n'était pas la peine, le patron n'a pas voulu démordre de son idée.

Linda pousse un soupir.

— J'aimerais tellement que tu puisses venir chez les Becker samedi ! Si les bandits y sont aussi, tu seras peut-être capable de les reconnaître, puisque tu les as déjà vus chez Gloria Hendrick l'autre jour !

— Bonne idée ! s'exclame sa camarade.

Et elle ajoute vivement :

— Tu pourrais me faire envoyer une invitation ?

Linda hésite, mais répond presque aussitôt d'un air résolu :

— Je me débrouillerai : je dirai à M. Becker que tu travailles pour la maison Lightner...

— Ce qui sera la vérité en quelque sorte, ajoute Alice en riant.

Son amie s'inquiète pourtant :

— Pourvu que M. Tombar ne se doute de rien ! S'il l'apprend, il me mettra tout de suite à la porte. Il faudra que tu sois très discrète.

— Ne t'inquiète pas, ce n'est pas moi qui vendrai la mèche ! Mais essaie de t'arranger pour que je puisse arriver chez les Becker assez tôt : je tiens absolument à visiter la maison et prendre mes dispositions avant qu'il n'y ait trop de monde.

— Tu peux compter sur moi !

Linda tient parole : le lendemain, Alice reçoit une invitation signée de Mme Becker.

Le samedi soir, la jeune fille enfile une robe vert pâle à la fois sobre et élégante, qui met en valeur son teint clair et ses cheveux blonds. Puis elle prend son cabriolet pour gagner la luxueuse résidence des Becker, située à l'autre extrémité de River City. Lorsqu'elle se présente à l'entrée, un employé de maison l'accueille.

— Puis-je voir votre invitation, mademoiselle ? demande-t-il courtoisement.

Alice tend le carton qu'elle vient de sortir de son sac. L'homme l'examine avec attention.

— Très bien, conclut-il. Mlle Seeley nous a prévenus que vous arriveriez tôt... Si vous voulez bien me suivre...

L'intérieur de la maison est orné de plantes, de fleurs et d'arbustes disposés jusque dans les moindres recoins de l'immense demeure. La détective ne peut s'empêcher de penser qu'ils pourraient servir de cachette idéale à des hôtes indésirables ! Se promenant à sa guise, Alice parcourt les pièces du rez-de-chaussée. Au passage, elle remarque des hommes postés aux fenêtres et aux portes qui donnent sur le jardin.

« Ce sont sûrement les policiers », se dit-elle.

Tout à coup, la jeune fille se retrouve nez à nez avec le brigadier Ambrose. Celui-ci la regarde d'un œil ironique.

— À qui ai-je l'honneur de parler ce soir ? plaisante-t-il. À une charmante invitée ou à Alice Roy, la célèbre détective ?

— Peut-être aux deux ! lance-t-elle en riant.

— Alors, si vous espérez passer une bonne soirée, vous n'allez sans doute pas tarder à regretter d'être venue, affirme M. Ambrose. J'ai l'impression que la fête sera mouvementée.

— Vous pensez que les bandits seront de la partie ?

Le brigadier hoche la tête.

— Écoutez, poursuit-il, je vais vous confier un secret : on a obtenu ces jours-ci une indication précieuse. C'est un traiteur qui a servi à dîner dans l'une des maisons cambriolées qui nous l'a fournie. Il nous a conseillé de nous méfier d'un homme qui cherche à se faire passer pour un vieux lord anglais. Il prend de grands airs et parle avec l'accent britannique.

— Merci du renseignement. Je vais me tenir sur mes gardes, moi aussi.

Revenant dans l'entrée quelques instants plus tard, la détective croise son amie Linda. Celle-ci lui apprend que les cadeaux de mariage sont exposés dans l'une des pièces du premier étage.

— Je vais monter les voir, déclare Alice, se dirigeant vers l'escalier.

Sur le palier, une porte grande ouverte invite à entrer dans la longue galerie où se trouvent les cadeaux. La jeune fille s'avance, mais s'arrête sur le seuil, stupéfaite du spectacle qui s'offre à ses yeux. Les murs garnis de glaces reflètent à l'infini les lustres qui illuminent la salle. Sur des tables nappées de dentelles, des porcelaines et des bijoux de vermeil et d'argent scintillent de mille feux...

Selon toute apparence, l'unique gardien de ces trésors est un vieil homme, si maigre qu'il est certainement incapable de résister au moindre assaillant. Sa seule arme consiste en un téléphone branché sur une ligne intérieure. Alice se dirige vers lui.

— Vous êtes seul pour surveiller les cadeaux ? s'informe-t-elle.

— Oui, mademoiselle, répond-il. Mon patron m'a ordonné de ne pas quitter cette pièce tant que la soirée ne sera pas terminée et le dernier invité parti.

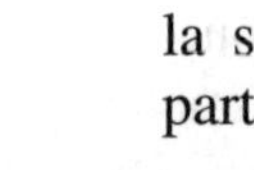

La jeune fille ne doute pas un seul instant que le vieil homme ne soit digne de la confiance qu'on lui manifeste. Néanmoins, elle juge qu'il aurait été plus sage de poster des policiers dans la galerie. Elle décide donc d'en aviser le brigadier Ambrose sur-le-champ. Malheureusement, elle doit renoncer à rejoindre ce dernier : les mariés viennent d'arriver, mitraillés par les flash des photographes. Les invités se pressent à l'entrée et les salons se remplissent à vue d'œil.

Comme la jeune fille passe près de la porte où le contrôle des cartons d'invitation s'effectue, un bruit de voix impatientes attire son attention. Tournant la tête, elle aperçoit alors l'employé de service et le brigadier Ambrose qui semblent engagés dans une vive discussion avec un homme à l'allure très distinguée. Alice s'approche, le cœur battant : l'inconnu s'exprime avec emphase et son accent est typiquement britannique.

— Mais enfin ! Puisque je vous dis que j'ai oublié mon invitation à l'hôtel ! s'emporte-t-il.

Furieux, il se met à tapoter nerveusement le sol du bout de sa longue canne. Puis il reprend, maîtrisant son impatience :

— Je ne comprends pas un traître mot à votre histoire de cartons ! Je vous ai déjà expliqué que j'avais été retenu à mon hôtel par Lord Atchfield. Et en partant, je n'ai plus pensé à cette invitation. Et maintenant, la plaisanterie a assez duré : laissez-moi passer !

— Pas si vite, lâche Ambrose, barrant l'entrée.

Si vous croyez que je vais me laisser impressionner par vos balivernes !

— Comment ! Des balivernes ! s'étrangle l'inconnu, au comble de l'indignation. Ça va vous coûter cher, et vous pouvez être sûr que Mme Becker sera informée de cet affront !

— Alors, le plus tôt sera le mieux ! riposte le policier.

Et, prenant l'homme par le bras, il ordonne d'un ton sans réplique :

— Allez ! On va voir les maîtres de maison. Si quelqu'un vous reconnaît, tant mieux pour vous : vous n'aurez qu'à profiter de la fête. Mais sinon, je vous arrête !

— Moi ? C'est ridicule ! s'écrie l'homme distingué, indigné. C'est une épouvantable méprise !

Cependant il a beau protester, le brigadier l'entraîne dans la maison et envoie un employé à la recherche de M. Becker. Quelques instants plus tard, le maître de maison accourt, très inquiet.

— Qu'est-ce qui se passe ? s'enquiert-il.

— Cet homme cherche à entrer chez vous sans invitation, explique le policier. Il prétend être comte...

— Je suis le comte de Contrey et je viens du Sussex, en Angleterre, affirme l'inconnu d'un ton digne.

Et, se tournant vers M. Becker, il le salue. L'hôte le dévisage, puis dit sèchement :

— Brigadier, je n'ai jamais vu cet homme. Emmenez-le.

— Comment osez-vous ? bredouille le comte, tandis que M. Becker s'éloigne déjà. J'exige que Mme Becker soit immédiatement avertie de ma présence dans cette maison !

Cependant, Alice, qui a suivi toute la scène, est perplexe. Elle se rappelle vaguement avoir lu quelques jours plus tôt, dans le journal, un article annonçant l'arrivée à New York d'un certain comte de Contrey.

« Et si cet homme était vraiment le comte de Contrey et pas un cambrioleur ? se dit-elle. Mme Becker l'a peut-être invité à la réception de ce soir sans prévenir son mari ? »

La jeune fille se dirige alors vers le petit salon où les nouveaux mariés et leurs parents reçoivent les félicitations des invités. Et, s'approchant de Mme Becker, elle lui glisse à l'oreille :

— Vous connaissez le comte de Contrey ?

— Bien sûr ! s'exclame l'hôtesse. C'est un vieil ami... Pourquoi est-ce que vous me demandez cela ?

Quelques instants plus tard, M. Becker est abasourdi lorsque sa femme lui révèle qu'elle a envoyé une invitation de dernière minute au comte, en apprenant par les journaux qu'il était en visite aux États-Unis.

Les hôtes se précipitent dans le jardin, sur les traces d'Alice qui s'est lancée à la recherche du brigadier Ambrose et de son prisonnier. Ceux-ci sont déjà installés dans la voiture de police quand Mme Becker fait un geste pour arrêter le véhicule et, passant la tête à la fenêtre, commence à se répandre en excuses.

Tandis que le policier explique péniblement pourquoi il a arrêté le vieux lord, la jeune détective en profite pour s'éclipser et regagner la maison en toute hâte. Elle vient en effet de songer que, si les cambrioleurs guettaient l'occasion de se faufiler parmi les invités, ils avaient maintenant le champ libre : depuis quelques instants déjà, le brigadier Ambrose et l'employé chargé de vérifier les invitations, accaparés par l'affaire du comte de Contrey, ne se trouvent plus à leur poste !

Lorsque la jeune fille arrive sur le palier du premier étage, elle constate avec étonnement que la porte donnant sur la galerie d'exposition n'est plus ouverte.

« C'est bizarre », se dit-elle.

Elle appuie doucement sur la poignée mais s'aperçoit, de plus en plus surprise, que la porte est fermée à clef.

« Un des policiers a peut-être décidé de prendre des précautions pendant que tout le monde était occupé en bas avec le comte de Contrey, songe la détective, s'efforçant de raisonner avec calme. Mais, alors, où est passé le vieil homme chargé de veiller sur les cadeaux ? »

Soudain, Alice remarque que la porte d'une chambre contiguë à la galerie est entrebâillée. Elle s'avance avec précaution et jette un coup d'œil par l'ouverture. Puis, ne voyant personne dans la pièce, elle entre sans bruit. La chambre communique avec

la salle voisine par une large baie masquée par des tentures de velours. La jeune détective s'en approche à pas de loup et écarte légèrement le rideau. Là, elle se retient pour ne pas crier devant le spectacle qui s'offre à ses yeux. Le vieux serviteur de M. Becker est étendu sur le parquet, sans connaissance, tandis que, devant l'une des tables chargées de cadeaux, s'active un homme en habit de soirée, coiffé d'une cagoule de velours noir !

chapitre 6

Menaces

Sans songer un instant au danger auquel elle s'expose, Alice se précipite dans la galerie. L'homme fait volte-face et, de stupeur, laisse échapper le sac de toile noire dans lequel il est en train d'entasser des pièces d'argenterie.

— Tiens, tiens ! voici notre fameuse détective ! lance-t-il avec rage.

La jeune fille reconnaît immédiatement sa voix sifflante : c'est celle du mystérieux danseur qui l'a confondue avec l'Orientale, sa complice, chez les Hendrick !

Le bandit s'élance vers l'intruse, qui l'esquive d'un bond. Puis, se jetant sur le téléphone, elle décroche le récepteur et hurle de toutes ses forces :

— Au secours !

Aussitôt, l'homme court vers l'autre extrémité de la galerie, saute par-dessus une table qui lui barre le passage et se rue contre le mur. Une porte dérobée s'ouvre alors et le malfaiteur disparaît !

— À l'aide ! au voleur ! crie encore la jeune fille avant de s'élancer à la poursuite du fugitif.

Celui-ci connaît de toute évidence les moindres recoins de l'immense demeure, et s'est enfui par un long passage aboutissant à un escalier. Alice s'y engouffre à son tour. Mais au bas des marches, elle bute contre une porte fermée. Elle se met à cogner sur le battant à grands coups, en appelant toujours à l'aide. Soudain, la porte s'ouvre et la jeune détective se trouve nez à nez avec une employée de maison épouvantée. Écartant la femme, la jeune fille fonce droit devant elle et s'arrête, stupéfaite : elle vient de déboucher dans les cuisines !

En un instant, la panique s'installe. Au milieu des cris et du tumulte, tout le monde se met à la recherche du bandit. Cependant, celui-ci reste introuvable : personne ne l'a même vu franchir la porte de l'escalier.

Bientôt, les policiers accourent, alertés par les appels d'Alice. Ils entreprennent aussitôt de fouiller la maison de la cave au grenier, tandis que le brigadier Ambrose rassemble autour de la jeune fille tous les invités qui portent un habit de soirée. En vain : la jeune fille ne peut reconnaître la voix de l'homme à la cagoule.

Tout à coup une idée lui traverse l'esprit : « Il faut que j'interroge l'homme de confiance de M. Becker ! »

Alice regagne la galerie en toute hâte. Une employée de maison, qui a entendu le premier appel au secours de la jeune fille, est occupée à soigner le vieil homme. Elle l'a aidé à s'asseoir dans un fauteuil et lui parle doucement pour le réconforter. Encore tout étourdi de son aventure, il explique à la jeune détective :

— Je ne sais pas ce qui s'est passé. Je ne me suis aperçu de rien et je n'ai même pas vu celui qui m'a attaqué. Il est arrivé par-derrière, sans faire de bruit.

Là-dessus, le brigadier Ambrose apparaît et confirme à la jeune fille ce qu'elle soupçonnait déjà : toutes les recherches entreprises dans la maison et dans le jardin pour découvrir le cambrioleur sont restées sans succès. L'homme s'est comme volatilisé...

Alice redescend au rez-de-chaussée. La fête s'y poursuit, mais le cambriolage manqué a jeté un froid parmi les invités et la gaieté, qui, une demi-heure plus tôt, régnait dans les salons, s'est envolée. Aussi la jeune fille décide-t-elle de ne pas s'attarder davantage.

En arrivant chez elle, elle a la surprise de trouver ses amies Bess et Marion qui l'attendent, impatientes d'avoir des détails sur la soirée.

— Et qui vous dit que j'ai quelque chose d'intéressant à vous raconter ? plaisante Alice.

— Ça se lit sur ton visage ! s'exclame Marion. Vite, ne nous fais pas attendre : tu as revu ton mystérieux voleur masqué ?

— Oui mademoiselle, répond son amie, comme si c'était parfaitement naturel.

Elle entame alors le récit de ses aventures.

— Mais tu n'as pas peur que le bandit cherche à se venger sur toi maintenant ? questionne Bess, soucieuse. C'est à cause de toi qu'il a échoué ce soir, et il ne risque certainement pas de l'oublier !

— Je ne m'inquiète pas vraiment pour ça, assure Alice.

— Cette nuit, tu seras seule avec Sarah dans la maison ? insiste Bess.

— Oui. Papa ne rentre de voyage que demain.

— À ta place, je me ferais du souci ! À l'heure qu'il est, ce bandit...

— Tais-toi, Bess ! proteste Marion. Tu vas finir par faire peur à Alice avec tes bêtises. Il n'y a rien à craindre, enfin ! Qu'est-ce qui pourrait bien se passer ?

À cet instant, la sonnerie du téléphone retentit. Les jeunes filles ne peuvent s'empêcher de sursauter, tant ce bruit résonne étrangement dans la maison silencieuse.

— C'est sûrement papa, déclare Alice. Il m'avait promis de m'appeler.

Elle court dans l'entrée et décroche.

— Allô ?

Pas de réponse.

Tout à coup, une voix masculine s'élève et articule d'un ton sinistre :

— Alice Roy, écoutez bien ceci : occupez-vous de vos affaires, au lieu de vous mêler de celles des autres. Sinon, vous en paierez les conséquences. Et puis, voici un second avertissement : débarrassez-vous de la cagoule que vous avez trouvée le soir du bal masqué. Vous avez vingt-quatre heures pour la jeter par-dessus le mur du vieux cimetière de Hillside.

Sur ces mots, l'homme raccroche. Sans en être certaine, Alice pense avoir reconnu la voix du voleur.

Là-dessus, Bess et Marion arrivent dans l'entrée. À la mine soucieuse de leur amie, elles comprennent que ce n'était pas James Roy au téléphone.

— Qui était-ce ? demandent-elles anxieusement.

— Un homme. Il m'a ordonné de me débarrasser du masque que j'ai ramassé dans le jardin de Gloria Hendrick, explique-t-elle.

— Qu'est-ce que je te disais ! s'écrie Bess d'un air terrifié. Tu vois bien que j'avais raison de ne pas être tranquille ! Mais aussi, pourquoi est-ce que tu as rapporté cette cagoule ?

Marion, elle, garde son sang-froid et s'empresse d'offrir ses services à son amie :

— Je vais t'aider : si tu veux, on ira jeter cette cagoule très loin d'ici.

— Pas question, décrète la jeune détective sans la moindre hésitation. J'ai bien l'intention de garder ce masque. Je ne le donnerai qu'à la police, si elle le réclame.

— Bravo, approuve Marion. Et surtout ne te laisse pas intimider !

Bess pousse un soupir résigné.

— Puisque tu n'as pas peur, cède-t-elle, autant qu'on rentre chez nous. Il est déjà tard.

Après le départ de ses amies, Alice s'attarde un

moment dans le salon, réfléchissant aux détails de l'affaire. Soudain, elle se dirige vers le bureau et, fouillant dans un tiroir, en sort la cagoule de velours noir. Lorsqu'un peu plus tard, Sarah descend au rez-de-chaussée, inquiète de ne pas avoir entendu la jeune fille monter dans sa chambre, elle la trouve debout au milieu du salon, perdue dans la contemplation du masque.

— Tu devrais aller te coucher, commence la gouvernante.

Remarquant tout à coup l'objet que sa protégée tient à la main, elle poursuit, avec un frisson :

— Tu es encore en train d'examiner cette horreur ! Tu ferais mieux de la jeter au feu !

— C'est l'indice le plus précieux que j'ai ! D'ailleurs, la police peut me demander de la reprendre d'un moment à l'autre. En plus, je suis sûre que cette cagoule va me mettre sur la piste des voleurs !

Sur ce, la jeune fille révèle à Sarah qu'on lui a ordonné de se débarrasser du masque.

— Tu ferais mieux d'obéir, conseille la vieille gouvernante. Je t'ai entendue raconter à tes amies ce qui s'est passé chez les Becker. Cette affaire prend vraiment une tournure trop dangereuse...

— Ne t'inquiète pas, Sarah. Tu sais très bien que je n'ai pas l'habitude d'agir à la légère et que je m'en sors toujours !

— Tu es trop sûre de toi ! Un de ces jours, il va t'arriver quelque chose ! Entre toi et ton père, je n'arrête pas de me faire du souci !

— Si je ressemble tant que ça à papa, tu n'as vraiment pas besoin de te tracasser, repartit Alice en riant. Jusqu'à présent, aucune des affaires dont il s'est occupé n'a jamais mal tourné !

Sarah se contente de hocher la tête en silence, sachant par expérience qu'il est impossible de dissuader la jeune fille de poursuivre la tâche qu'elle a entreprise. Voyant qu'Alice continue à inspecter le masque, elle reprend avec impatience :

— Tu peux m'expliquer quel intérêt tu trouves à ce chiffon ?

— Je suis en train de me dire que les bandits doivent avoir une bonne raison pour désirer récupérer cet objet à tout prix. Il contient peut-être une indication qu'ils ne veulent pas que je découvre !

La jeune détective tourne et retourne la cagoule entre ses doigts et murmure tout bas :

— Velours noir sur l'endroit... soie blanche à l'envers... La doublure est épaisse... On dirait qu'il y a de la ouate à l'intérieur.

Elle tend la cagoule à Sarah pour lui montrer.

— C'est vrai, reconnaît la vieille femme.

— J'ai une idée ! s'écrie brusquement Alice.

chapitre 7

Nouveau mystère

Sous le regard curieux de Sarah, la jeune fille arrache vivement la doublure du masque. Malheureusement, rien de nouveau n'apparaît.

— Je recoudrai la doublure si tu veux, propose la gouvernante. Mais pas ce soir, je suis trop fatiguée.

Comme Alice commence à plier soigneusement la doublure, elle remarque des chiffres tracés à l'encre sur l'envers de la soie.

— Il y a un numéro ! s'étonne-t-elle.

S'approchant d'une lampe, la jeune fille examine sa découverte. C'est une série de chiffres, disposés en quatre groupes :

266 286 17 57

— Qu'est-ce que ça veut dire ? s'interroge Sarah, perplexe.

— Je donnerai cher pour le savoir...

— On dirait que les chiffres ont été écrits récemment, fait observer la gouvernante. Sinon, ils ne seraient pas aussi nets.

— C'est peut-être un code ? suggère Alice. Je me demande si...

Elle est interrompue par la sonnerie du téléphone. La jeune fille court répondre. Cette fois, c'est bien son père.

— Papa, enfin ! s'écrie-t-elle. Alors, quoi de neuf ?

— Ici, tout va bien. Et toi, où en es-tu ?

Le jeune fille s'empresse de mettre James Roy au courant des événements de la soirée, sans toutefois mentionner le mystérieux avertissement qu'elle a reçu. Elle lui fait également part des mystérieux chiffres inscrits sur la doublure.

— Tu peux me les lire ? la presse l'avocat.

Sa fille s'exécute aussitôt.

— Très intéressant, déclare James Roy quand elle a terminé. J'ai l'impression que ces numéros représentent des dates...

— Ce qui signifierait qu'au lieu de deux cent soixante-six, il faudrait lire pour le premier : vingt-six six... c'est-à-dire vingt-six juin ?

— Voilà, et tu n'as qu'à continuer comme ça jusqu'au bout : vingt-huit six, vingt-huit juin... un sept, premier juillet... cinq sept, cinq juillet...

— Papa, tu es génial ! Ce sont bien des dates,

et probablement celles des prochains cambriolages prévus par les bandits ! Je comprends maintenant : la femme que j'ai vue chez les Hendrick déguisée en Orientale avait dû inscrire ces chiffres à l'intérieur de son masque pour ne pas les oublier, à moins que ses complices ne les lui aient transmis de cette manière originale.

— Alice, je te conseille de téléphoner demain matin chez Lightner pour essayer de savoir si les dates coïncident avec des engagements pris avec leurs clients. Mais surtout, sois discrète !

— Tu peux compter sur moi, promet la jeune fille. Et sinon, tu rentres quand ?

James Roy répond qu'il rentrera de Belford le lendemain dans la soirée, sauf imprévu.

Comme Alice raccroche, quelques instants plus tard, elle entend une sorte de craquement du côté de la porte d'entrée. Croyant que quelqu'un s'apprête à sonner, elle va ouvrir. Pourtant, il n'y a personne.

« J'ai dû rêver », songe-t-elle.

Et sur ce, elle monte se coucher.

Le lendemain matin, la jeune fille téléphone dès neuf heures à Linda, au Joyeux-Carnaval. Elle lui explique en quelques mots ce qu'elle a découvert, puis demande si la maison Lightner a des soirées prévues aux dates qu'elle a déchiffrées.

— On a une réception le 26 juin et une autre le 28, répond aussitôt son amie. Pour le mois de juillet, je ne suis pas aussi sûre. Ne quitte pas : je vais vérifier dans les carnets de commande.

La jeune fille revient au bout d'un moment en confirmant que la date du 1er juillet est en effet retenue, mais annonce qu'en revanche les carnets ne mentionnent aucune commande pour le samedi 5.

— Écoute, se hâte-t-elle de poursuivre, si tu t'occupes toujours de cette affaire de cambriolage, sois prudente... Je commence à avoir très peur... Après ce qui s'est passé hier soir chez les Becker...

La détective s'apprête à poser d'autres questions à son amie lorsque celle-ci l'avertit brusquement qu'elle va raccrocher.

— M. Tombar arrive ! jette la jeune fille avec effroi. Au revoir, je te rappellerai plus tard !

— Juste une dernière question : parmi ces fêtes, est-ce qu'il y a un bal costumé ?

— Non, ce ne sont que des réceptions ordinaires, achève Linda dans un souffle. Cette fois, il faut vraiment que j'y aille !

Après cette conversation, Alice reste un long moment debout devant le téléphone, perdue dans ses pensées. Soudain, elle est tirée de sa méditation par les aboiements de son chien, Togo. Dressé sur ses pattes de derrière, le petit fox jappe avec insistance et gratte furieusement le rebord de la fenêtre. Alice rejoint Sarah qui, déjà, s'est précipitée à la fenêtre. Vaguement inquiètes, elles regardent de tous côtés, mais ne voient personne.

— Tu exagères, Togo, le gronde la jeune fille, irritée. Qu'est-ce qu'il te prend ? Il n'y a pas un chat !

Cependant, le fox, pas du tout convaincu par les

paroles de sa maîtresse, ne fait qu'aboyer et se démener de plus belle. Enfin, il va à la porte d'entrée et pousse des gémissements désespérés pour montrer à Alice qu'il veut sortir.

— Mais qu'est-ce qui se passe ? s'étonne-t-elle. Je n'ai jamais vu Togo se comporter comme ça.

À présent, complètement déchaîné, il bondit contre la porte en aboyant avec rage.

— Togo a raison ! s'exclame soudain Sarah. Il y avait quelqu'un de caché sous la fenêtre : je viens de voir une ombre traverser la véranda !

Alice se rue vers la porte.

— C'était donc cela ! s'écrie-t-elle.

Et, se rappelant tout à coup le bruit étrange qu'elle a entendu la veille au soir, elle conclut :

— Quelqu'un nous espionne !

chapitre 8

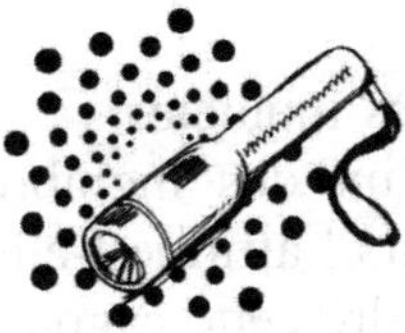

Une ruse

Dès qu'Alice a ouvert la porte, Togo sort comme un fou et s'élance vers le garage, en aboyant à tue-tête.

— Il a sûrement flairé quelqu'un, déclare la jeune détective.

Elle s'avance vers la véranda et examine le plancher. De grandes traces de pas sont visibles : un homme s'est donc approché des fenêtres et s'est finalement posté devant celle qui donne sur l'entrée, où se trouve le téléphone...

— Pas de doute : il écoutait ce que je disais, conclut Alice. Et maintenant, il faut que j'aille voir ce qui se passe dans le jardin...

Laissant Sarah de garde à la fenêtre du salon, elle court rejoindre Togo devant le garage. Elle ouvre les portes de celui-ci et regarde à l'intérieur. Il est vide.

Le fox tourne à présent autour du jardin, l'air

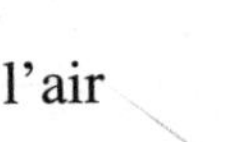

affairé, le nez au sol, comme s'il cherchait une piste. Soudain, il part en flèche vers la rue, puis s'arrête net au bord du trottoir. Il a beau flairer de tous côtés, la trace se perd là.

— Pas la peine de s'entêter, l'espion s'est enfui, dit Alice, déçue.

Cependant, Sarah est très inquiète.

— C'était sûrement l'un des membres de la bande au Masque de Velours ! affirme-t-elle. À tous les coups, il voulait reprendre cette cagoule...

— Mais non. S'il était venu pour ça, il ne se serait pas contenté de nous espionner, tente de la rassurer la jeune fille, sans y croire vraiment elle-même. D'ailleurs, je vais tout de suite téléphoner au commissaire Kelly pour le mettre au courant. Tu te sentiras mieux après, j'en suis certaine.

La jeune fille met son projet à exécution sur-le-champ. Toutefois, la pauvre Sarah ne parvient pas à surmonter son angoisse et, voyant qu'elle sursaute au moindre bruit, Alice décide de rester auprès d'elle. Vers midi, elles se trouvent ensemble dans l'une des chambres du premier étage lorsque la vieille gouvernante tressaille.

— Tu as entendu, Alice ? s'écrie-t-elle. Qu'est-ce que c'est ?

— C'est juste le téléphone, ne t'inquiète pas. Ne bouge pas, j'y vais.

La jeune fille descend dans l'entrée pour décrocher.

— Allô ? commence-t-elle.

— Bonjour, mademoiselle Roy, prononce une

voix féminine inconnue. Je remplace la secrétaire de votre père pendant ses vacances. Il m'a appelée ce matin pour régler quelques détails avant de partir à une réunion importante. Il n'avait pas le temps de vous téléphoner alors il m'a priée de vous transmettre un message.

Bien qu'un peu surprise, Alice répond :

— Je vous écoute.

— M. Roy m'a chargée de vous dire qu'il a découvert la signification des dates et que ce n'est pas la peine d'appeler M. Lightner. Et il souhaite que vous le rejoigniez ce soir à Belford avec la cagoule.

— Merci, mademoiselle, au revoir.

La jeune fille remonte dans la chambre, un peu soucieuse.

— Une mauvaise nouvelle ? demande la gouvernante, voyant le visage tendu d'Alice.

— Non, non.

Elle répète alors à la vieille femme les paroles de la secrétaire.

— C'est bizarre ! Pourquoi papa veut-il que je le retrouve à Belford puisqu'il compte rentrer ici ce soir ? Qu'est-ce que tu en penses ?

— Ton père a sûrement réussi à tirer toute l'affaire au clair et il doit avoir quelque chose d'urgent à te communiquer, suggère-t-elle. Il faut que tu y ailles.

— Tu as sûrement raison. Je vais partir le plus tôt possible.

Sans plus attendre, la jeune fille téléphone à la

gare pour connaître les horaires des trains. Il n'y a plus qu'un express pour Belford et il quitte River City dans deux heures.

— Puisque papa veut que je sois là-bas ce soir, je n'ai pas le choix. Je vais prendre ce train, décide la fille de l'avocat.

Elle vient à peine de prononcer ces mots que Togo se met à gronder et court vers la porte.

— Ça recommence ! s'écrie Sarah qui, négligeant cette fois toute prudence, se précipite au-dehors.

Il n'y a personne dans la rue, mais à ce moment-là une voiture garée devant la maison voisine démarre... Le conducteur est-il l'homme qui a cherché à espionner Alice ? Furieuse, Sarah revient dire à la jeune fille ce qu'elle a vu.

— Il vaudrait mieux que Bess et à Marion dorment ici avec toi ce soir, déclare Alice tout en composant le numéro des Taylor.

— On sera chez toi dans un quart d'heure, promet Bess.

Les deux cousines arrivent alors que la jeune fille est en train de faire sa valise.

— Comment ? Tu t'en vas ? s'étonne Marion quand Alice leur annonce son projet. Désolée, mais ça ne va pas se passer ainsi ! On vient avec toi. Sarah, vous ne pensez pas qu'il vaut mieux que nous accompagnions Alice ?

La gouvernante acquiesce. Elle n'est pas très rassurée à l'idée de passer la nuit toute seule dans la maison, mais elle s'inquiète bien davantage pour sa jeune protégée que pour elle. La jeune détective proteste :

— Je ne cours aucun risque ! Je prends juste le train pour Belford où je retrouverai papa.

— Et si les voleurs tentent de profiter du voyage pour te voler le masque ? insiste Bess. Seule, tu ne pourras pas te défendre.

— J'y ai déjà pensé, admet la jeune détective. Cette cagoule est la seule pièce à conviction que j'ai et, si je la perds, ce sera une catastrophe...

— Ça y est, j'ai une idée ! s'exclame tout à coup Marion.

Elle fait claquer ses doigts dans un grand geste d'enthousiasme et continue avec fougue :

— Vous allez voir : ça va marcher comme sur des roulettes !

Alice, qui plie justement la cagoule de velours noir avant de la déposer dans sa valise, relève la tête, surprise.

— Qu'est-ce que tu veux dire ? questionne-t-elle.

— Que je vais me déguiser et prendre ta place ! Comme ça, même si les voleurs prennent mon sac, la cagoule sera toujours en sécurité dans le tien. Il suffit que je mette une de tes robes et que j'aie ta valise à la main et l'illusion sera parfaite...

— Tu oublies les cheveux, objecte Alice, en regardant son amie. Au cas où tu ne l'aurais pas remarqué, tu es brune et je suis blonde !

— On va louer des perruques au Joyeux-Carnaval, une brune pour toi et une blonde pour moi !

La jeune détective réfléchit. L'idée est séduisante malgré les dangers qu'elle implique. Et si les pressentiments de ses amies sont exacts, la ruse que suggère Marion lui permettra peut-être de surprendre celui qui cherche à s'emparer du masque...

— Il y a un ennui, intervient-elle. Si l'une de nous va louer les perruques chez Lightner, les voleurs risquent de nous repérer et de nous reconnaître dans le train. Avec ces gens qui semblent décidés à épier tous mes faits et gestes...

— J'ai la solution, déclare Marion en se tournant vers Sarah, qui vient d'entrer dans la pièce. Voici la personne qui va nous tirer d'affaire !

Quelques minutes plus tard, sans avoir le temps de comprendre ce qui lui arrive, la pauvre Sarah se retrouve donc installée dans un taxi, en route pour le Joyeux-Carnaval !

Pendant ce temps, les jeunes filles règlent les détails de leur plan : elles placeront le masque dans le sac de voyage de Bess et Marion prendra la mallette d'Alice, reconnaissable aux initiales A.R. gravées sur le cuir.

Dès le retour de Sarah, qui est également passée à la gare, Marion part chez elle changer de tenue, munie de sa perruque, de son billet de train et de la valise d'Alice. Bess la suit de près.

— Dépêchez-vous ! recommande Alice. Et surtout, Bess, n'oublie pas de choisir un sac sans initiales. Je vais faire la même chose.

Une demi-heure s'est à peine écoulée que Bess

et Alice, affublée de sa perruque brune, se rejoignent sur le quai de la gare.

Il ne reste plus que cinq minutes avant le départ. Bientôt, un coup de sifflet annonce l'approche du train. C'est alors qu'une voyageuse débouche à l'extrémité du quai en courant. C'est Marion !

— Regarde, Alice, pouffe Bess. On dirait ta sœur jumelle, enfin, avant que tu te transformes en Marion Webb bien sûr !

— Chut, pas si fort, chuchote son amie. Et quand ta cousine montera dans le train, fais comme si tu ne la connaissais pas.

Comme convenu, les deux jeunes filles grimpent dans la seconde voiture et s'installent à l'arrière. Marion entre à son tour. Elle s'assoit à l'avant de la voiture et pose sa valise à côté d'elle, de façon que les initiales soient bien en évidence. Ainsi, tous ceux qui passeront dans l'allée centrale les verront clairement.

À cet instant, la jeune détective pousse sa compagne du coude pour attirer son attention sur trois personnes qui viennent d'entrer dans la voiture. La première est une grande femme brune, très élégante dans un tailleur classique. Elle a des yeux sombres et un long visage impassible. Deux hommes l'accompagnent.

Ces derniers dévisagent Marion, qui s'est mise à feuilleter une revue. Puis leur regard parcourt toute la voiture avant de s'arrêter sur les deux jeunes filles à l'arrière. La femme et l'un de ses compagnons prennent place tout près de la fausse

Alice, de l'autre côté de l'allée centrale. L'autre voyageur continue plus loin et vient s'installer en face d'Alice et de Bess. Complication imprévue pour les deux jeunes filles, qui ne peuvent plus parler librement. Toutefois, elles ne s'en inquiètent pas, désormais persuadées que leur ruse fonctionne...

En effet, les trois arrivants auraient très bien pu choisir d'autres places, puisque beaucoup étaient libres dans la voiture. Mais, au lieu de cela, deux d'entre eux se sont délibérément assis à proximité de la voyageuse qu'ils croient être Alice Roy. Quant au troisième, il a sans doute pour consigne d'écouter ce que vont dire les deux prétendues cousines. Cependant, il se plonge dans un journal et semble ignorer complètement son entourage.

Une demi-heure plus tard, un contrôleur traverse la voiture en annonçant l'arrêt suivant. C'est une petite ville commerçante, qu'Alice ne connaît que de nom. À ce moment, la jeune fille remarque que l'homme chargé de la surveiller plie tranquillement son journal. A-t-il l'intention de descendre à la prochaine gare ?

« Est-ce que je me suis trompée sur son compte ? » se demande la jeune détective, perplexe.

Son regard croise celui de son amie et elles se comprennent immédiatement. Comme le train commence à ralentir, elles jettent un coup d'œil à l'avant de la voiture pour voir ce que les voisins de Marion vont faire.

Elles n'ont que le temps d'apercevoir la femme se lever, enjamber l'allée et se pencher vivement vers la voyageuse. Quand elle se redresse, la fausse Alice s'est affaissée sur son siège, comme évanouie !

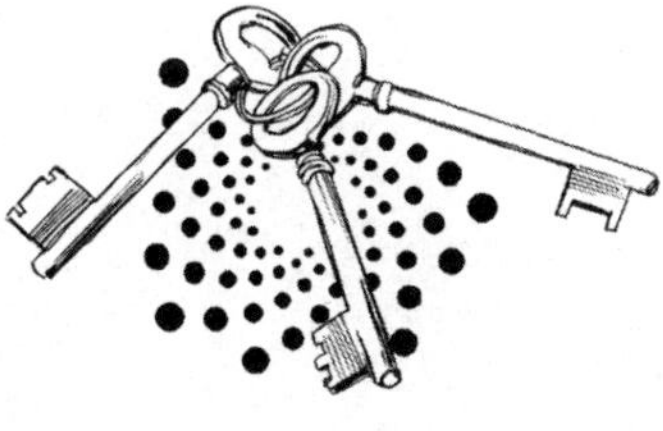

chapitre 9

Le rapt

— Notre fille se trouve mal ! s'écrie l'inconnue assez haut pour que tous les voyageurs puissent l'entendre. Il faut qu'on la sorte d'ici tout de suite !

Au même instant, le train s'arrête. En un clin d'œil, la femme empoigne la mallette aux initiales d'Alice, tandis que son compagnon prend Marion dans ses bras et l'emporte vers la sortie.

Bouleversées, les amies de la jeune fille attrapent leurs sacs en vitesse et s'élancent à la poursuite des ravisseurs. Mais le voyageur assis devant elles se lève d'un bond pour leur barrer le chemin.

— Laissez-nous passer ! proteste Alice.

— Vous êtes pressées ? demande l'homme, goguenard, sans bouger d'un pouce.

La jeune détective comprend à présent le rôle assigné à ce troisième complice. Les bandits ont pris leurs précautions, afin que l'enlèvement de leur adversaire se déroule sans le moindre incident.

— Filons de l'autre côté, vite ! souffle brusquement la jeune fille à sa compagne.

Et, faisant demi-tour, les deux filles se précipitent vers l'issue située à l'autre extrémité de la voiture. L'homme rejoint les fugitives à l'instant où elles atteignent la porte. Il les bouscule brutalement, passe devant elles et se campe sur le marchepied pour les empêcher de descendre.

— Poussez-vous ! s'emporte Bess.

Hors d'elles, les deux amies se jettent sur le gêneur qui, surpris, manque perdre l'équilibre. Elles en profitent pour sauter à terre. Mais Marion et ses ravisseurs ont déjà disparu ! Soudain, les portières d'une voiture garée devant la gare claquent à grand bruit. Alice et Bess ont à peine le temps de voir le véhicule démarrer et disparaître à l'angle de la place !

— Il faut que je rattrape ces malfaiteurs ! s'écrie Alice. Toi, essaie de retrouver leur complice !

Elle court vers le bureau de police de la gare tandis que Bess, rassemblant tout son courage, se hâte de partir à la recherche du bandit. Mais, plus rapide, celui-ci sort de la gare en courant et saute dans un taxi, qui s'éloigne en un instant.

De son côté, dans la voiture de ses ravisseurs, Marion revient à elle. Encore incapable de faire le moindre geste, ni même de soulever les paupières, elle entend une voix d'homme, qui lui semble venir de très loin et qui profère :

— Bien joué ! Cette fois, Alice Roy n'a pas été la plus maligne ! Tu as la cagoule ?

— Elle doit être dans la valise, répond une femme.

— Qu'est-ce que tu attends pour la prendre ? Il faut qu'on ait le temps de s'en débarrasser avant que cette petite peste ne se réveille.

Marion entend claquer les serrures de sa valise. Avec fébrilité, la femme en inspecte le contenu.

— Je ne comprends pas, murmure-t-elle. Le masque n'est pas là.

— Comment ! s'énerve l'homme.

— Regarde les initiales sur cette robe : M.W. Cette fille n'est pas Alice Roy !

À cet instant, un autre complice, le conducteur de la voiture, intervient.

— Espèce d'idiote ! vocifère-t-il.

— Mais tu nous avais dit qu'Alice était blonde et, quand on a vu cette fille avec les initiales A.R. sur la valise, on a pensé...

— Comme si vous étiez capables de penser quoi que ce soit ! raille l'homme.

Il freine, s'engage dans un chemin de terre et dissimule la voiture derrière des buissons. Il met alors pied à terre et, ouvrant la porte arrière, regarde attentivement la jeune fille endormie sur la banquette.

— On s'est fait rouler ! enrage-t-il. La robe qu'elle porte appartient à Alice Roy, le chapeau aussi. Mais, je rêve, elle a même une perruque !

D'un geste vif, il arrache la coiffure de Marion et, fou de colère, se tourne vers ses complices :

— Imbéciles ! Vous étiez en face d'elle dans le

train et vous n'avez rien vu ! Et Alice Roy court toujours ! Qui sait ce qu'elle a déjà pu faire avec les dates inscrites à l'intérieur du masque ! On est dans de beaux draps, et pour couronner le tout, cette gamine commence à se réveiller !

Depuis quelques instants, en effet, Marion essaie d'ouvrir les yeux, mais elle se sent si fatiguée et ses paupières sont si lourdes que l'effort lui paraît insurmontable.

— Mets-lui un bandeau ! ordonne l'homme à son complice.

Celui-ci s'empresse de nouer un foulard autour de la tête de la jeune fille. La femme se penche sur elle.

— Où est la cagoule de velours noir ? lui demande-t-elle d'une voix sifflante. Qu'est-ce qu'Alice Roy en a fait ?

Mais ses questions restent sans réponse. Les phrases prononcées par la femme ne sont pour la captive qu'une suite de sons incompréhensibles.

— Attends, je vais la faire parler, moi, déclare alors l'un des bandits, avec une expression sinistre. J'ai un petit produit qui marche à tous les coups...

Marion a vaguement conscience d'une légère piqûre au bras. Après quelques instants de silence, l'homme commande :

— Tu vas parler maintenant !

La jeune fille sent ses membres s'engourdir de nouveau tandis que son esprit s'obscurcit. Elle perd connaissance.

— Tu as trop forcé la dose ! s'exclame la

femme, furieuse. Je voudrais bien savoir qui est l'imbécile cette fois !

— Oui, on peut dire que c'est du beau travail..., renchérit son compagnon d'un ton ironique.

L'homme hausse les épaules.

— D'accord, grommelle-t-il. J'y suis peut-être allé un peu fort. Bon, maintenant, il faut filer d'ici avant que la vraie Alice Roy ne lance la police à nos trousses.

— Écoutez ! J'entends une voiture ! jette soudain la femme, affolée. Vite, débarrassons-nous de la gamine et de sa valise ! Et sauvons-nous !

Les malfaiteurs empoignent leur victime et la sortent de la voiture en toute hâte. Ils la déposent au pied d'un arbre et mettent sa mallette et son sac à main dans l'herbe, près d'elle. Puis la femme saisit la jeune fille par le bras et la serre très fort tout en lui parlant à l'oreille. Malgré l'état de semi-inconscience dans lequel Marion se trouve, les mots s'impriment dans son esprit comme une marque au fer rouge.

— ... tu n'as pas intérêt à oublier ce que je viens de te dire, souffle la femme en terminant.

Elle se rue vers la voiture, qui démarre aussitôt. Le véhicule rejoint la route et s'éloigne dans un nuage de poussière.

Restée seule, Marion pousse un profond soupir, puis se rendort d'un sommeil de plomb.

chapitre 10

Poursuite

Pendant que Marion est aux prises avec les bandits, Bess a rejoint Alice qui est en grande conversation avec le commissaire de police de la gare. Toutes deux le supplient de lancer immédiatement ses hommes à la poursuite des ravisseurs.

— Vous avez pu relever le numéro de la voiture ? demande le policier.

Elles secouent la tête.

— C'était une voiture grise, explique la jeune détective. Elle a pris la première rue à droite. On ne pourrait pas essayer de la rattraper ?

— Je vais voir ce qu'on peut faire, déclare l'homme. Vous avez d'autres détails à me fournir ?

Alice marque une légère hésitation.

— Non, finit-elle par répondre.

En réalité, la jeune fille a fait une autre constatation, mais si rapide qu'elle préfère ne pas en parler et la vérifier elle-même. Au moment où la

voiture des bandits démarrait devant la gare, elle a cru voir un petit objet voler par l'une des fenêtres et rouler sur le sol. Il faudrait le récupérer mais, pour l'instant, il y a plus urgent.

L'officier se lève et téléphone au chef de la gendarmerie.

— C'est d'accord, annonce-t-il aux jeunes filles en raccrochant. Les gendarmes vont se lancer sur la piste, mais le capitaine voudrait que vous participiez aux recherches.

— Avec plaisir. Où devons-nous le retrouver ? s'enquiert Alice, impatiente.

— À l'embranchement de la route du Vieux-Moulin, répond le commissaire. Ce n'est pas très loin : je vais vous y conduire moi-même.

Au point de rendez-vous, deux officiers de gendarmerie attendent près d'une voiture. Le commissaire présente le lieutenant Connolly et le lieutenant Whyte aux jeunes filles. Celles-ci se dépêchent de grimper derrière les deux hommes et le véhicule se met en route. Alice raconte de nouveau l'enlèvement de Marion, sans oublier le moindre détail. Elle en profite pour préciser ce qu'elle sait de l'origine de l'affaire. Les policiers écoutent, le visage soucieux.

— Aïe..., grimace M. Whyte lorsque le récit est terminé, si le gang au Masque de Velours est dans le coup, ça ne va pas être facile.

Les jeunes filles et leurs compagnons scrutent le chemin dans l'espoir d'apercevoir enfin la voiture grise. Finalement, le lieutenant Whyte envoie un message radio à son capitaine de gendarmerie départementale pour l'avertir que les recherches menées sur la route du Vieux-Moulin ne donnent aucun résultat. Il lui demande en même temps s'il a reçu des nouvelles des autres localités où la police est également alertée. Malheureusement, les bandits n'ont été signalés nulle part.

L'officier vient de couper la transmission quand la jeune détective pousse un cri :

— Arrêtez-vous !

Ses yeux perçants ont eu le temps d'entrevoir une silhouette adossée à un arbre, à moitié cachée derrière des buissons, un peu en retrait de la route.

— C'est Marion ! s'écrie-t-elle.

La jeune fille a perdu sa perruque blonde et elle semble à demi inconsciente. Ses deux amies bondissent hors de la voiture et courent vers elle. Comme elles commencent à lui frotter les mains, Marion soulève les paupières.

— Vous êtes là..., murmure-t-elle

Et elle éclate en sanglots dans les bras d'Alice. Bess passe son bras autour des épaules de sa cousine.

— Tout va bien maintenant. Raconte-nous ce qui s'est passé, chuchote-t-elle, stupéfaite de voir sa cousine pleurer, ce qui ne lui arrive jamais.

— C'est cette horrible femme, balbutie la jeune fille, tremblant comme une feuille. Elle a dit des choses si affreuses...

— N'y pense plus, conseille Bess. Tu es saine et sauve, c'est l'essentiel.

— Oh ! non, il y a pire..., gémit Marion d'une voix sourde et lente que ses compagnes ne lui connaissent pas.

— Il faut qu'Alice abandonne son enquête, ajoute-t-elle si bas que ses amies l'entendent à peine.

— Que j'abandonne mon enquête ? répète la détective, d'abord incrédule.

Puis elle s'indigne :

— Enfin, Marion ! Depuis le début, c'est toi-même qui me pousses à poursuivre l'affaire jusqu'au bout !

— J'ai eu tort. Ça va mal finir pour toi, Alice. Il faut que tu m'écoutes !

Cependant, les policiers, qui se sont approchés, suivent la conversation avec surprise. Le lieutenant Whyte demande ce qu'a voulu dire la jeune fille en parlant de « l'enquête d'Alice ». Alors Bess se met à faire l'éloge de son amie, vantant ses remarquables qualités de détective et expliquant qu'elle suit de près l'affaire du gang au Masque de Velours.

— Il ne faut pas qu'elle continue à s'occuper de ça, s'obstine Marion.

Bess et Alice échangent des regards consternés. Elles ne reconnaissent plus leur chère Marion, toujours si vive et si optimiste. Elle est sans doute encore sous le choc après la terrible épreuve qu'elle vient de subir.

Whyte s'agenouille auprès de la jeune fille et lui tâte le pouls. Puis, avec douceur, il essaie d'en savoir un peu plus :

— Que vous est-il arrivé, exactement ?

— Je ne sais pas trop, admet-elle. Dans le train, une femme s'est penchée sur moi. Elle avait un mouchoir à la main. J'ai senti un parfum bizarre et je me suis évanouie.

— Quand avez-vous repris connaissance ?

— Dans la voiture, commence Marion.

Soudain, elle remarque une vilaine tache rouge sur son avant-bras et constate avec étonnement :

— Tiens, j'ai été piquée par un moustique.

Le lieutenant regarde la jeune fille gravement.

— Je ne pense pas que ce soit une piqûre d'insecte, déclare-t-il. À mon avis, vos ravisseurs vous ont piquée avec une seringue pour vous injecter une drogue.

L'homme aide ensuite Marion à se relever et l'emmène dans la voiture, qui repart aussitôt vers la ville. Là-bas, la jeune fille est confiée aux soins d'un médecin, qui l'examine et l'interroge. Celui-ci informe ensuite les policiers qu'il n'a pas réussi à déterminer quel produit les bandits ont administré à leur prisonnière, mais il leur conseille de la ramener immédiatement chez elle et de la laisser se reposer pendant quelques jours afin d'éviter tout accident.

— Je vais téléphoner à maman pour lui dire de venir nous chercher, propose Bess.

Alors que son amie s'éloigne, Alice décide d'appeler son père à Belford, pour lui annoncer qu'elle ne pourra pas le rejoindre à temps. Mais, lorsqu'elle obtient la communication avec l'hôtel de l'avocat,

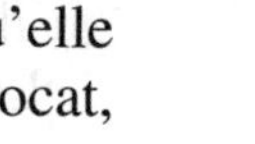

elle apprend avec surprise que celui-ci est parti en fin de matinée.

« Le coup de téléphone était bien un piège », comprend-elle.

La jeune fille compose donc le numéro du bureau de son père à River City. L'avocat en personne répond. Il explique à sa fille qu'il a pris l'avion du matin, comme prévu. Alice lui raconte alors les événements de la journée.

— Je n'aime pas du tout cette histoire..., s'inquiète James Roy. C'est sûrement la femme qui a endormi Marion dans le train qui t'a appelée ce matin, en se prétendant ma secrétaire. Ce gang est dangereux, je préférerais que tu laisses tomber l'enquête.

— Mais, papa, c'est toi-même qui me l'as confiée : je veux aller jusqu'au bout ! proteste la jeune fille.

— Dans ce cas, il faut que tu me promettes d'être très prudente. Au fait, tu rentres à la maison ce soir, j'espère ?

— Oui, papa. La mère de Bess doit venir nous chercher. À tout à l'heure.

En attendant l'arrivée de Mme Taylor, Alice annonce à ses amies qu'elle va retourner à la gare pour retrouver l'objet qu'elle a vu tomber de la voiture des ravisseurs. Marion objecte alors faiblement :

— C'est vraiment nécessaire ? Je crois vraiment qu'il ne faut plus que tu t'occupes de ces bandits.

La détective regarde son amie. Celle-ci a l'air si

désespérée qu'Alice, prise de pitié, est sur le point de renoncer, mais Marion se rendort aussitôt sur le canapé où le médecin l'a installée.

— Je serai de retour avant qu'elle ne se réveille, murmure Alice à l'oreille de Bess.

La jeune fille se rend directement sur la petite place devant la gare, où elle passe dix minutes à scruter le trottoir et le sol à l'endroit où la voiture grise était garée. Soudain, comme elle s'apprête à abandonner ses recherches, elle aperçoit dans le caniveau une petite plaque rectangulaire.

Elle ramasse vivement l'objet et reconnaît sans peine le genre de carte que les grands magasins remettent à leurs clients qui ont un compte ouvert chez eux. Il suffit à l'acheteur de présenter sa carte à un comptoir pour que l'article qu'il vient de choisir soit livré à son domicile et facturé sur son compte.

La jeune fille examine sa trouvaille de plus près. La carte a sans doute été écrasée par une voiture car le plastique est aplati et déformé, ce qui rend le nom et le numéro gravés dessus illisibles. Cependant, Alice parvient à distinguer un mot, de toute évidence incomplet : *Mor.*

« *Mor...,* se dit la jeune fille, songeuse. Je me demande si ça ne serait pas les magasins Morris, de River City. L'un des bandits travaille peut-être là-bas ? Demain, j'irai au magasin et je verrai le chef du service de crédit. »

Sur ce, la détective se dépêche de revenir auprès de ses amies. Comme elle l'espérait, Marion dort encore. Quelques instants plus tard, Mme Taylor arrive. Elle est bouleversée en apprenant ce qui s'est passé, mais le médecin lui assure que sa nièce ne court plus aucun danger.

Marion se réveille dans la voiture, alors que ses compagnes discutent de masques. Elle paraît se désintéresser de la conversation et se tourne vers la vitre, le regard perdu dans le vide. Espérant la distraire de ses pensées, Alice la lance sur le sujet :

— Je viens de lire un livre entier sur l'histoire des masques. C'est passionnant. Tu savais que, chez certains peuples primitifs, les masques servaient à chasser les démons et les esprits malfaisants ?

— Ah oui ? répond Marion distraitement.

Elle se tait un instant, puis reprend :

— On ne pourrait pas trouver un autre sujet de conversation ? Je suis fatiguée et je n'ai vraiment pas envie d'entendre parler de ça.

Ses amies s'abstiennent d'aborder à nouveau la question, qui semble tant déplaire à la jeune fille, et le reste du trajet s'effectue sans nouvel incident.

Alice ne revoit pas son amie le lendemain, mais elle prend de ses nouvelles par téléphone : la jeune fille a passé une nuit agitée et tenu des propos incohérents pendant son sommeil. Le nom de la bande au Masque de Velours y est revenu plusieurs fois.

« Pauvre Marion, se désole la jeune détective. C'est de ma faute, je n'aurais jamais dû lui laisser prendre ma place... »

Néanmoins, toujours décidée à mener son enquête, la jeune fille se présente aux magasins

Morris dans la matinée. Elle est reçue par le directeur du service des comptes de crédit, M. Johnson. Elle lui expose le but de sa visite et explique qu'il existe sûrement un lien entre la carte qu'elle a découverte et une bande de cambrioleurs.

— Je suis certaine que cette carte est un indice capital et qu'elle pourra mettre la police sur la piste des voleurs, conclut-elle en la tendant à son interlocuteur.

En la voyant, celui-ci fronce le sourcil.

— Ceci vient bien de chez nous, reconnaît-il après quelques secondes d'examen. On donne ce genre de cartes aux membres de notre personnel, pas à nos clients. En revanche, je n'ai aucun moyen de vous dire à qui elle appartient.

— Et pourquoi ? questionne Alice, interdite.

M. Johnson paraît manifester une certaine impatience.

— Mademoiselle, reprend-il, plusieurs centaines de personnes travaillent ici, et elles ont toutes un compte de crédit chez nous. Il faudrait vérifier toutes les cartes pour vous fournir les renseignements que vous demandez !

— On pourrait peut-être simplement consulter vos fichiers ? Vous devez bien garder une trace des employés à qui vous les avez remises.

— Bien sûr, mais le numéro de la vôtre est illisible. On ne va tout de même pas interroger l'ensemble du personnel ! Je suis vraiment désolé de ne pouvoir vous aider, mademoiselle, mais nous n'avons pas le temps de nous occuper de cette affaire.

— Même si le propriétaire de cette carte est un dangereux malfaiteur, recherché par la police ?

M. Johnson s'est levé, montrant clairement à sa visiteuse que l'entretien est terminé. Sous l'insinuation contenue dans les derniers mots de la jeune fille, le rouge lui monte au visage et il riposte d'un ton cinglant :

— Tous les employés des magasins Morris sont dignes de confiance. Au revoir, mademoiselle !

chapitre 11

Une femme mystérieuse

Décontenancée, Alice fait un pas en direction de la porte. Pourtant, bien que M. Johnson l'ait déjà congédiée, elle ne se considère pas encore battue.

— Vous semblez oublier une chose, reprend-elle, les membres de ce gang sont dangereux et rusés. L'un d'eux a très bien pu se glisser parmi vos employés, sachant qu'on ne le soupçonnerait jamais.

— C'est vrai, admet M. Johnson, un peu gêné d'avoir réagi de manière aussi brusque envers la jeune fille. Mais comprenez-moi, je ne peux pas passer au crible tout notre personnel.

— J'ai une solution plus simple, propose alors la détective. Vous n'avez qu'à demander à vos employés de rendre leurs cartes en prétextant qu'il faut les changer. Celui qui ne pourra pas remettre la sienne sera forcément le propriétaire de celle que j'ai trouvée.

Le directeur du service des comptes de crédit réfléchit pendant quelques secondes, puis finit par convenir que la méthode suggérée par la visiteuse est facile à mettre en place.

— Vous savez y faire, mademoiselle, dit-il en souriant. Je vais m'en occuper.

Satisfaite, Alice se rend ensuite au bureau de son père. En quelques mots, elle met l'avocat au courant de sa démarche chez Morris, puis elle annonce qu'elle a l'intention de surveiller les allées et venues de M. Tombar.

— Quand il partira déjeuner, je le prendrai discrètement en filature, déclare-t-elle.

La jeune fille raconte alors à son père comment, l'autre jour, elle a vu l'homme quitter le Joyeux-Carnaval, un paquet sous le bras, alors qu'une cape venait justement de disparaître de l'armoire aux costumes...

— Quand j'ai voulu le suivre, il a tout fait pour me semer, continue-t-elle. Et il est odieux avec Linda, alors qu'elle n'a rien à se reprocher, j'en suis sûre. Elle est très intelligente, tu sais, et ça ne m'étonnerait pas que M. Tombar craigne qu'elle découvre quelque chose.

— Tu ferais mieux de garder tout ça pour toi tant que tu n'as pas de preuve.

— C'est promis, papa.

Après avoir quitté James Roy, Alice téléphone à Linda Seeley et apprend avec étonnement que M. Tombar n'est pas venu à son bureau ce matin.

— Tu sais, poursuit Linda, on n'a toujours pas

remis la main sur le manteau. Mais j'ai autre chose à te confier. Tu peux venir me voir à midi ?

— D'accord. Je te retrouverai au fast-food en face du Joyeux-Carnaval.

Les deux jeunes filles ne tardent pas à se rejoindre. Elles commandent des sandwiches et de la limonade, puis s'asseyent côte à côte. Linda, qui paraît avoir repris sa gaieté coutumière, annonce à son amie que tout va à présent pour le mieux dans la maison Lightner.

— Les dernières réceptions qu'on a organisées se sont très bien passées, explique-t-elle. Tout a l'air de s'arranger. Pourvu que ça dure ! Au fait, ça te dirait d'assister à un concert ?

— Quand ?

— Demain après-midi. Chez Mme Elkin, boulevard des Érables. Il y aura une cantatrice française, Mlle du Velay. Et je ne te parle pas du buffet !

Alice ne peut s'empêcher de rire.

— C'est le Joyeux-Carnaval qui s'occupe de la fête ?

— Oui, et, si tu veux, je pourrai t'obtenir une invitation. J'y serai.

La jeune détective accepte l'offre de son amie sans hésiter.

— Avec plaisir ! s'enthousiasme-t-elle.

Le lendemain, en arrivant à l'élégante maison de l'hôtesse, Alice présente son carton d'invitation à l'employé chargé de les vérifier. Puis elle s'avance dans l'entrée et gagne le vaste salon dans lequel le concert doit avoir lieu. Les pièces richement meublées regorgent de bibelots de grand prix, mais la jeune détective remarque que personne ne semble les surveiller.

En attendant le début du concert, la jeune fille sort de la salle de musique et vient se poster non loin de l'entrée afin d'observer les nouveaux arrivants. Au bout de quelques minutes à peine, elle voit apparaître M. Tombar. Celui-ci l'aperçoit au même moment et s'approche aussitôt d'elle.

— Tiens, tiens, mademoiselle, quelle surprise de vous voir ici ! s'écrie-t-il avec une fausse bonhomie. Moi qui croyais que les jeunes filles de votre âge n'écoutaient que les dernières chansons à la mode ! Alors comme ça, vous êtes une fan de Mlle du Velay ?

— Je ne l'ai jamais entendue, réplique Alice.

Puis elle demande brusquement :

— Linda est ici ?

L'homme lance un rapide coup d'œil à son interlocutrice. Celle-ci ne bronche pas, pour bien convaincre le sous-directeur du Joyeux-Carnaval qu'elle vient de poser la question le plus naturellement du monde.

— Elle ne viendra pas, affirme-t-il d'un ton sec. On a eu besoin d'elle ailleurs. C'est pour ça que je suis venu ici moi-même.

La jeune détective garde le silence, plus soupçonneuse que jamais.

— Comment êtes-vous entrée ? reprend tout à coup M. Tombar.

— J'avais une invitation.

— Je peux savoir qui vous l'a délivrée ? grommelle-t-il. Votre nom ne figure pas sur la liste des invités.

— Ah bon ? Vous avez sûrement mal regardé, lance Alice avec son plus gracieux sourire.

Là-dessus, elle s'esquive, regagne la salle de musique et s'installe au dernier rang de l'assistance, près de la porte.

Le concert commence. La jeune fille écoute quelques morceaux, puis, jugeant qu'elle peut désormais s'éclipser sans attirer l'attention, elle décide de commencer ses investigations. Elle quitte la pièce sur la pointe des pieds et hésite un instant dans la vaste entrée, ne sachant où se diriger. Le reste du rez-de-chaussée paraît désert.

Comme une employée de maison descend du premier étage, Alice l'arrête pour lui demander si elle a croisé quelque part le représentant de la maison Lightner.

— Non, mademoiselle, répond la femme. Je n'ai pas quitté les chambres. Il n'y a personne là-haut, à part une dame qui est allée s'allonger.

— Qui est-ce ?

— Une invitée. Elle vient d'avoir un malaise, et elle m'a priée de lui monter une tasse de thé. Je vais en chercher à la cuisine.

— Où est cette dame ?

— Dans la chambre qui sert de vestiaire.

Après le départ de l'employée, Alice reste perplexe. Cette mystérieuse dame est-elle réellement malade ?

— Je vais aller vérifier de ce pas, décide la jeune fille. Et je verrai bien si l'histoire est vraie !

Elle monte l'escalier à pas de loup, traverse le palier, puis se glisse furtivement jusqu'à la chambre, dont la porte est entrebâillée. Sans bruit, elle entre. Une femme mince, vêtue d'une robe bleu foncé, lui tourne le dos. Debout devant une coiffeuse, elle est en train de s'emparer des bijoux contenus dans l'un des tiroirs !

L'espace d'un instant, la jeune détective aperçoit dans le miroir un visage aux traits marqués, à l'expression dure, et elle a alors la certitude d'avoir déjà vu l'intruse. Mais où l'a-t-elle rencontrée ? Au bal masqué, chez les Hendrick ? Oui, c'est bien ça ! Alice est en fait en présence de l'Orientale, la complice de l'homme à la cagoule de velours noir ! Et elle vient de la prendre en flagrant délit de vol ! Maintenant, il faut à tout prix l'empêcher de s'enfuir et d'appeler à l'aide.

Mais la jeune fille n'a pas le temps de faire un geste. Elle sent qu'on l'empoigne brusquement parderrière et, comme elle se débat, une main se plaque sur sa bouche. En même temps, on la pousse brutalement dans la chambre et, malgré sa résistance acharnée, on la jette sur le lit, le visage enfoui dans les vestes et les manteaux que les invités y ont déposés. Elle reste là, incapable du moindre mouvement, clouée par une poigne de fer.

— Bravo ! s'exclame la femme. Cette petite peste n'a pas volé ce qui lui arrive !

— Je me doutais bien qu'il risquait de se passer quelque chose d'anormal ici, déclare un homme, qui s'exprime avec un accent britannique exagéré.

Sans relâcher le moins du monde la prise qu'il a sur sa prisonnière, l'homme se met à ricaner.

— J'ai l'impression que cette fille n'est pas près de recommencer à se mêler de ce qui ne la regarde pas, lâche-t-il.

En disant ces mots, il enroule Alice dans le dessus-de-lit et entasse sur elle une montagne de vêtements.

— Ne la ménage pas, l'exhorte la femme. Débrouille-toi pour que, cette fois, on en soit débarrassés !

— Je n'en ai guère le temps, ma chère, affirme son compagnon avec emphase. Il va falloir que nous songions à quitter les lieux, ton thé ne va pas tarder à arriver !

— Alors arrête de parler avec cet accent ridicule et filons d'ici. Vite !

Alice rassemble ses forces et, tendant ses muscles, essaie de soulever la masse qui l'écrase. L'air lui manque et une affreuse panique s'empare d'elle tandis qu'elle lutte désespérément pour échapper à son agresseur.

Soudain, à l'instant où elle se sent défaillir, le bandit la lâche brusquement. Puis il s'enfuit avec sa complice.

chapitre 12

Contre-espionnage

Il faut plusieurs minutes à Alice pour se débarrasser de la masse de vêtements qui l'étouffe. Lorsqu'elle parvient finalement à se relever et à se précipiter hors de la chambre, les bandits ont disparu...

Bientôt remise de ses émotions, elle dévale l'escalier en trombe et évite de justesse l'employée de maison qui monte, les bras chargés d'un plateau.

— Vous m'avez fait une de ces peurs ! s'écrie la femme, regardant la jeune fille avec effarement, qu'est-ce qui se passe ?

— La dame qui disait être malade est en fait une voleuse ! s'exclame la jeune détective Et elle a un complice.

— C'est horrible ! s'étrangle la femme de chambre.

— Vous avez vu quelqu'un descendre ?

— Non, mademoiselle.

— Alors, les deux bandits sont peut-être encore cachés dans l'une des chambres. Venez, on va fouiller tout l'étage !

— Ah non ! j'ai bien trop peur !

— Dans ce cas, vous n'avez qu'à rester dans le vestiaire pendant que je cherche, décrète Alice. Mais, surtout, ne laissez personne prendre son manteau tant que je ne serai pas revenue.

Aussitôt, elle tourne les talons et se met en devoir d'inspecter les chambres. Elle ouvre les placards, visite les salles de bains, explore les moindres recoins susceptibles de servir de cachette. Enfin, lorsqu'elle est sûre que les bandits ne se sont réfugiés nulle part, elle descend au rez-de-chaussée. Le calme y règne, l'entrée est déserte.

Soudain, le bruit des applaudissements retentit dans la salle de musique. Le concert est terminé, les auditeurs commencent à se disperser dans les salons et à se diriger vers la salle à manger, où le buffet a été dressé. Alice s'approche de la maîtresse de maison et se présente. Puis elle la met rapidement au courant de ce qui s'est passé.

— Je ne sais pas si la voleuse a eu le temps de prendre quelque chose ou non, conclut-elle. Vous devriez peut-être aller voir s'il ne vous manque rien.

Mme Elkin se hâte de suivre la jeune fille.

— Je n'ai invité que des amis, bredouille-t-elle. Je ne vois pas du tout comment un cambrioleur aurait pu se glisser parmi eux.

Cependant, elle est forcée de se rendre à l'évidence en découvrant que plusieurs bijoux de grand prix ont disparu. Bouleversée, elle charge Alice d'alerter immédiatement la police.

— Je pense avoir un indice important, annonce la jeune fille au commissaire Kelly, qui lui répond. La voleuse a dû laisser un vêtement ici ; il permettra sûrement de l'identifier.

Quelques minutes plus tard, une inspectrice de police se présente et prend en charge la surveillance du vestiaire. Mme Elkin se poste à côté d'elle pour identifier chacune des personnes qui viennent réclamer leur vêtement.

Lorsque tous les invités ont défilé, il ne reste plus qu'un long imperméable de couleur bleue. Alice redescend alors au rez-de-chaussée pour s'assurer qu'il n'y a plus personne dans les salons.

— Tout le monde est parti, confirme-t-elle en regagnant le vestiaire. La propriétaire de cet imper ne réapparaîtra certainement pas et je suis persuadée que c'était elle la voleuse !

La jeune détective s'empare du vêtement et, tout en l'inspectant, glisse sa main dans les poches. La première ne contient qu'un poudrier, mais dans l'autre se trouve une cagoule de velours noir !

— Je vais emporter tout ça au commissariat, décide l'inspectrice, ramassant la cagoule et l'imper.

Jugeant que sa présence n'est plus nécessaire, Alice retourne chez elle. Elle vient à peine d'arriver qu'elle reçoit un coup de téléphone de Linda

Seeley. Celle-ci s'excuse de ne pas avoir pu se rendre chez Mme Elkin, comme prévu.

— C'est la faute de M. Tombar, explique-t-elle. Au dernier moment, il m'a envoyée faire une course et il est allé au concert à ma place. Comme s'il croyait que je n'étais pas capable de tenir mon rôle. !

Son amie lui fait alors remarquer que, malgré la présence de M. Tombar, tout ne s'est pas passé pour le mieux, et elle raconte les événements qui se sont produits chez Mme Elkin.

— Encore ! se lamente Linda.

Après avoir raccroché, Alice se perd dans ses réflexions. Tout à coup, elle a une idée : « Il faut que je fasse analyser l'encre que les bandits ont utilisée pour inscrire la série de chiffres que j'ai relevée sur la doublure de la cagoule ! »

Le lendemain matin, la jeune fille se rend donc dans un laboratoire, où un chimiste examine l'inscription, puis pratique quelques essais. Enfin, il déclare que l'encre utilisée est un produit nouveau, dont l'usage est strictement limité au marquage indélébile des tissus.

— Ce qui veut dire que n'importe quel teinturier peut en avoir chez lui ? s'informe la détective.

— Je ne pense pas, mademoiselle. Vous ne trouverez pas cette encre dans beaucoup d'entreprises de River City, car elle coûte encore très cher.

Alice est très intriguée. « Est-ce que ce produit est utilisé chez Lightner ? » se demande-t-elle.

Résolue à en avoir le cœur net, elle rejoint Linda à l'heure du déjeuner et questionne la jeune fille.

— Avec quoi marquez-vous vos costumes et vos masques ? commence-t-elle.

— On se sert d'une encre spéciale qui résiste à tout, lavages et nettoyages.

— Tu pourrais m'en procurer une bouteille ? Je te la rendrai.

— Attends-moi ici, dit alors Linda. Je vais essayer de me faufiler dans la réserve pour en prendre une pleine.

Dix minutes plus tard, la jeune fille revient avec une petite bouteille qu'elle a enroulée dans une enveloppe à l'en-tête de la maison Lightner. À l'instant où elle la confie à son amie, M. Tombar fait irruption dans le fast-food.

Il est impossible qu'il ait aperçu ce que contient le petit paquet, car Alice s'est empressée de le cacher dans son sac à main. Cependant, il dévisage les deux jeunes filles d'un air soupçonneux et, voyant que son employée perd contenance, l'homme se dirige droit vers elle.

— Mademoiselle, gronde-t-il, le doigt tendu vers la pendule accrochée au-dessus du comptoir, vous devriez être au magasin depuis cinq minutes.

— Excusez-moi, monsieur, je... j'allais justement partir...

— Vraiment ? J'avais plutôt l'impression que vous arriviez. D'ailleurs, je vous ai vue donner...

— Est-ce que je pourrais terminer mon repas

tranquillement, monsieur ? le coupe la jeune détective.

Le sous-directeur du Joyeux-Carnaval lui lance un regard furibond, mais ne trouve pas un mot à répondre tandis que Linda profite de cet instant de désarroi pour s'éclipser. M. Tombar ne tarde pas à tourner les talons. Alice se hâte alors de retourner au laboratoire d'analyses. Elle remet la bouteille d'encre au chimiste et insiste pour attendre sur place le résultat de l'examen. Finalement, l'homme vient lui annoncer que le produit contenu dans la fiole est identique à celui utilisé pour inscrire les chiffres sur la doublure du masque !

« Je suis sur la bonne piste ! » jubile Alice. Et, au grand ébahissement du chimiste, elle part aussitôt en courant.

Ce soir-là, quand James Roy rentre chez lui, sa fille le met au courant du résultat de ses investigations.

— Cette fois, conclut-elle, je suis sûre que l'un des bandits se trouve chez Lightner. Si seulement je pouvais me faire engager pour quelques jours au Joyeux-Carnaval, je finirais bien par découvrir le pot aux roses !

— Tu peux toujours tenter ta chance, suggère l'avocat. Je suis sûr que M. Lightner serait d'accord.

James Roy téléphone aussitôt au domicile personnel du directeur du Joyeux-Carnaval. La conversation ne dure que quelques instants, puis l'avocat se tourne vers sa fille.

— C'est entendu, dit-il. M. Lightner a été très aimable. Tu commences lundi matin.

— Bravo, papa ! s'exclame la jeune fille, enchantée. Je vais pouvoir surveiller les lieux toute la journée !

Deux jours plus tard, Alice se présente chez le costumier à neuf heures précises et note avec amusement l'air mécontent que M. Tombar prend en la voyant paraître.

— Comme si les affaires n'étaient pas déjà assez mauvaises, bougonne-t-il. Il faut encore qu'on embauche du personnel !

La matinée s'écoule sans incident. Alice trie des lettres, puis se met à classer des documents sur les origines et l'histoire des masques. Toutefois, elle ne trouve pas la moindre occasion pour se faufiler dans le magasin aux costumes : à chaque fois, le sous-directeur surgit de son bureau à point nommé, comme pour l'en empêcher. La jeune fille décide alors de remettre son plan à plus tard.

« Je vais attendre qu'il aille déjeuner, songe-t-elle. Quant à moi, je me passerai de manger, et je profiterai de son absence pour tout explorer. »

Pourtant, vers midi, M. Tombar change ses habitudes et ne quitte pas son bureau. À sa vive déception, la jeune fille l'aperçoit en train de dévorer un sandwich, assis à sa table.

« C'est raté ! se lamente-t-elle. Il a l'air bien décidé à ne pas bouger d'ici. »

Tout en mangeant, M. Tombar surveille les allées et venues de ses employés par sa porte, restée ouverte.

À mesure que l'après-midi avance, la jeune détective, penchée sur sa tâche fastidieuse, sent la lassitude l'envahir. Elle a très faim et le découragement la gagne peu à peu. À cinq heures, elle quitte le Joyeux-Carnaval sans avoir vu Linda de la journée. En revanche, une chose est claire : M. Tombar a deviné les véritables raisons de sa présence dans la maison Lightner. Aussi, elle n'est pas surprise de recevoir le lendemain matin, à huit heures, un appel téléphonique affolé de son amie.

— Ça y est ! lance Linda d'une voix tragique.

— Quoi, qu'est-ce qui se passe ? s'inquiète Alice. Un nouveau cambriolage ?

— Non, sanglote son amie. Je n'ai plus de travail : M. Tombar m'a renvoyée !

chapitre 13

Nouvelle ruse

Linda raconte alors comment elle a été congédiée :

— Hier, en faisant l'inventaire de la réserve, M. Tombar s'est aperçu que l'une des bouteilles d'encre à marquer avait été ouverte. Et comme il en manquait un peu, il est entré dans une colère épouvantable. Il m'a tout de suite soupçonnée.

— Tu ne lui as pas dit que tu m'avais prêté la bouteille ?

— Non, mais d'après les questions qu'il m'a posées, je crois qu'il a deviné. Et j'ai bien été obligée de lui avouer que c'était moi qui avais pris la fiole sur l'étagère. J'ai proposé de rembourser le prix d'une bouteille pleine, mais il ne m'a même pas écoutée. Il m'a seulement dit qu'il ne voulait plus de moi au Joyeux-Carnaval.

— Écoute, Linda, ne te fais pas de souci, la rassure Alice. Repose-toi tranquillement pendant un jour ou deux, et puis je t'aiderai à reprendre ta place chez Lightner. Si ce n'est pas possible, je te trouverai un autre poste ailleurs, où tu n'auras pas à supporter M. Tombar.

— Merci, Alice !

Malgré le ton insouciant que la jeune détective a pris pour réconforter son amie, elle est tourmentée par la nouvelle qu'elle vient d'apprendre. Linda est à cause d'elle dans une situation difficile et elle a ainsi perdu une précieuse source de renseignements sur les activités du Joyeux-Carnaval et de son personnel. Dorénavant, il lui faudra s'en passer. Pour couronner le tout, M. Lightner en personne appelle quelques instants plus tard pour lui annoncer que, les bureaux de la maison étant en pleine réorganisation, il vaudrait peut-être mieux qu'elle ne revienne pas travailler.

— Est-ce que je pourrai tout de même passer vous voir ? s'enquiert la jeune fille. Il y a plusieurs choses dont j'aimerais vous parler.

— Avec plaisir, mademoiselle, acquiesce aimablement M. Lightner.

Cette conversation terminée, la jeune détective téléphone chez les Webb pour avoir des nouvelles de son amie Marion. La mère de celle-ci lui répond que la jeune fille ne se remet toujours pas de la terrible épreuve qu'elle a traversée. Démoralisée, Alice va retrouver Sarah dans la cuisine et lui fait part de ses problèmes.

— Je m'inquiète beaucoup pour Marion, commence-t-elle. Elle a perdu l'appétit, elle ne dort plus. Sa mère m'a dit qu'elle n'arrête pas de penser à l'affaire du gang au Masque de Velours : elle veut que je laisse tomber l'enquête. C'est horrible, Sarah, je ne peux pas m'empêcher de culpabiliser de la savoir dans cet état.

— Que dit le médecin ? s'informe la gouvernante.

— Qu'elle a eu un gros choc nerveux.

— Moi, je me demande si ces bandits ne l'auraient pas menacée de se venger.

— Ça expliquerait pourquoi elle insiste autant pour que j'arrête de m'occuper d'eux, reconnaît Alice.

Quand, un peu plus tard, la jeune fille sort de chez elle, elle pense encore à ce qu'a suggéré Sarah. Avant de se rendre au Joyeux-Carnaval, elle décide donc de s'arrêter au passage chez les Webb. Elle trouve Marion en proie à ses angoisses.

— Alice, j'ai fait un cauchemar affreux cette nuit, se lamente-t-elle. Tu étais au bord d'une falaise et je voyais tout à coup un homme masqué surgir et te pousser dans le vide ! Je suis sûre que c'est un pressentiment ! Je t'en supplie, il faut que tu oublies ces bandits une fois pour toutes !

La jeune détective ne ménage pas ses efforts pour tenter de remonter le moral de son amie, mais rien n'y fait. Quand elle prend congé en lançant un joyeux « au revoir », Marion se contente de la regarder d'un air absent, sans lui répondre.

« On ne peut pas laisser Marion dans cet état, se dit Alice en se dirigeant vers le Joyeux-Carnaval. Mais que faire ? Il n'y a qu'une seul solution : il faut que je perce le mystère du gang au Masque de Velours ! »

M. Lightner reçoit la jeune fille sur-le-champ. Tandis qu'elle le prie de bien vouloir reprendre Linda Seeley dans la maison, il l'écoute sans l'interrompre. Puis il secoue la tête et répond :

— C'est M. Tombar qui gère le personnel. S'il a licencié Mlle Seeley, c'est qu'il avait une bonne raison pour le faire. Et puis, il m'a confié qu'il avait des doutes sur l'honnêteté de cette employée. Il pense qu'elle a participé à certains vols.

— Si j'arrive à prouver qu'elle est innocente, vous la reprendrez ? propose la jeune détective.

— Euh... oui... certainement. Enfin, si M. Tombar est d'accord.

Alice comprend alors que son amie aura beaucoup de mal à trouver un autre emploi : où qu'elle aille, on demandera des références et elle n'en obtiendra évidemment aucune du Joyeux-Carnaval.

La jeune détective fait rapidement le tour de la situation. Soudain, une idée lui vient :

« Si j'essayais d'avoir une invitation pour la fête du 26 juin. Cette date figure parmi celles qui sont inscrites à l'intérieur du masque... »

Elle s'adresse à nouveau à M. Lightner :

— J'aimerais beaucoup assister à cette conférence du 26 juin chez les Clayton : est-ce que vous pourriez obtenir une invitation pour moi ? tente-elle.

M. Lightner accepte immédiatement et fixe aussitôt rendez-vous à la jeune fille pour le jour dit.

— Je vous retrouverai à dix-neuf heures trente, dans l'entrée de la maison. Cette fois-ci, j'ai décidé de m'occuper de la réception moi-même : il est temps que je reprenne un peu les choses en main.

— M. Tombar ne viendra pas ?

— Non, réplique M. Lightner. Et d'ailleurs, ça ne lui plaît pas du tout. Mais c'est une autre histoire.

Revenant au sujet de la conférence prévue pour le 26 juin, Alice suggère à M. Lightner de prendre une précaution supplémentaire : il suffira de marquer d'un signe particulier les cartes d'entrée destinées aux personnes invitées par Mme Clayton. Ainsi, il sera impossible aux intrus d'être admis à la réception. M. Lightner la félicite pour sa brillante idée.

— J'ai justement la liste des invités, déclare-t-il. Il ne reste qu'à envoyer les cartes. Vous voulez qu'on les prépare ensemble ?

Alice et M. Lightner se mettent au travail. À l'envers de chaque carte, ils tracent un paraphe à l'encre. Quand la tâche est terminée, la jeune fille regarde le directeur du Joyeux-Carnaval bien en face et lui dit :

— Personne ne doit être au courant de ce que nous venons de faire. N'en parlez ni à votre secrétaire, ni à M. Tombar.

— J'ai une totale confiance en eux, objecte M. Lightner.

— Je préférerais quand même que ça reste entre nous.

— Très bien, consent M. Lightner, c'est comme vous voulez. En ce qui concerne la fête, je vérifierai moi-même les cartes à l'entrée.

Le lendemain, Alice se rend aux magasins Morris pour demander à M. Johnson où en est le contrôle des cartes de crédit. Elle apprend que l'opération de retrait est en cours.

— Je vous préviendrai quand nous aurons terminé, promet le chef du service des crédits. Mais ça m'étonnerait beaucoup que ça vous avance à quoi que ce soit.

À la suite de cette entrevue, la jeune détective va rejoindre son père à son bureau et entame une longue conversation avec lui. L'avocat lui révèle qu'il s'inquiète pour son ami, M. Lightner.

— Je sais qu'il est de bonne foi, déclare James Roy à sa fille. Mais il refuse catégoriquement de croire que les bandits puissent avoir des complices parmi son personnel. Il est complètement désemparé.

— Si seulement je pouvais découvrir quelque chose d'intéressant, soupire la fille de l'avocat. Je ne sais pas ce qui me retient d'aller demander tout de suite à la police de faire suivre M. Tombar !

Le 26 juin, Alice se présente chez Mme Clayton à l'heure convenue. Le ciel a été couvert toute la journée et les lumières sont déjà allumées dans la maison. Contrairement à sa promesse, M. Lightner est accompagné de son collaborateur, l'inévitable M. Tombar.

— Je n'avais pas besoin de lui, confie le directeur à la nouvelle venue, mais il a insisté pour venir, en disant que je n'arriverais pas à faire attention à une foule de détails dont je n'ai plus l'habitude.

Mais Alice n'écoute pas les paroles de M. Lightner. Elle songe que, de toute évidence, M. Tombar a ses raisons pour tenir absolument à se trouver chez Mme Clayton. Pour l'instant, il s'active parmi les employés qui placent les chaises dans le salon. Soudain, il se met à réprimander une jeune femme qui déplace une rangée de chaises.

— Non, non, pas comme ça ! crie-t-il. Je vous interdis de toucher à ces sièges ! C'est moi qui les ai mis là où ils sont !

La jeune détective observe la scène avec une surprise mêlée d'indignation, car la personne interpellée aussi vivement n'appartient pas au personnel du Joyeux-Carnaval. C'est en effet la propre gouvernante de la maison Clayton, et M. Tombar n'a donc aucun droit de la traiter avec tant de rudesse. Cependant, il doit deviner les pensées d'Alice car, se tournant brusquement vers elle, il l'apostrophe avec rage.

— Il faut toujours que vous soyez dans mes jambes ! hurle-t-il, l'air furieux. Vous ne pouvez pas vous mêler de ce qui vous regarde ?

Une bouffée de colère monte au visage de la jeune fille qui, toutefois, tourne les talons sans mot dire. Elle va retrouver M. Lightner qui s'est posté à l'entrée, où il vérifie scrupuleusement chacune des cartes qu'on lui présente.

— Tout va bien pour l'instant, murmure le directeur du Joyeux-Carnaval. On m'a déjà remis presque les deux tiers des cartes et toutes sont authentiques.

À cet instant, Alice aperçoit au-dehors un homme qui semble rôder autour des voitures garées dans le parc de la propriété. Elle alerte aussitôt M. Lightner.

— Ne vous inquiétez pas, la rassure celui-ci. C'est un détective privé que j'ai engagé pour la soirée. En ce moment, il garde les voitures, mais dès que la conférence aura commencé, il viendra me rejoindre ici et, à nous deux, on surveillera la maison.

Peu après, quand le conférencier fait son entrée dans la salle, un certain nombre de cartes manquent encore. M. Lightner reste donc à son poste afin d'accueillir les retardataires.

— On dirait que l'homme au Masque de Velours et ses complices n'ont pas l'intention de se manifester ce soir, fait remarquer la jeune détective à M. Lightner. Mais je préfère m'assurer que personne ne rôde dans le coin ; je vais aller me promener un peu dans le parc.

Elle contourne la maison et constate avec satisfaction que les fenêtres du premier étage se trouvent à une telle hauteur qu'il est impossible d'escalader le mur pour y accéder ou de sauter pour s'en échap-

per. Enfin, la jeune fille se dirige vers le coin du parc réservé aux voitures des invités. Elle s'avance avec précaution quand, soudain, elle manque trébucher contre le corps d'un homme étendu sur le sol, presque sous les roues d'une voiture de sport noire.

« Il a dû avoir un malaise ! » pense-t-elle.

Elle se baisse aussitôt vers lui et, au premier coup d'œil, comprend qu'elle s'est trompée : l'inconnu a été victime d'une agression !

En un instant, mille suppositions affluent à l'esprit d'Alice. Cependant, elle n'a pas le loisir de s'y attarder : brusquement, toutes les lumières de la maison de Mme Clayton s'éteignent !

chapitre 14

Une étrange coïncidence

Alice ne songe pas une seconde à abandonner l'homme qu'elle vient de découvrir. Et pourtant, elle donnerait cher pour pouvoir courir jusqu'à la maison, maintenant plongée dans l'obscurité. Elle est sûre qu'un nouveau cambriolage est en train de s'y dérouler !

Tandis qu'elle cherche à ranimer l'inconnu, elle sent une odeur étrange, un peu douceâtre, qui se dégage des vêtements de la victime. Tout de suite, elle se souvient des circonstances de l'enlèvement de son amie.

« Cet homme a été chloroformé, se dit-elle, comme Marion ! Je suis sûre que les membres du gang au Masque de Velours sont ici ! »

Alice se met alors à crier au secours, le plus fort qu'elle peut, dans l'espoir d'alerter M. Lightner. Un temps interminable s'écoule et, tout à coup, les lumières se rallument.

« Si seulement quelqu'un pouvait passer par ici ! se désole la jeune détective, consternée. Les bandits sont certainement en train de prendre le large en ce moment même ! »

Mais les minutes passent et personne n'apparaît. Alors la jeune fille commence à frictionner énergiquement les paumes et les poignets de l'inconnu et, enfin, celui-ci reprend peu à peu ses esprits. Il ouvre les yeux, regarde sa sauveuse avec une expression égarée.

— Où suis-je ? bredouille-t-il.

— Vous êtes dans le parc des Clayton, explique-t-elle.

Et, aidant l'inconnu à s'asseoir, elle lui demande :

— Vous vous rappelez ce qui s'est passé ?

— Ça commence à me revenir, murmure-t-il.

Il se passe la main sur les yeux et poursuit d'une voix incertaine :

— Je venais de descendre de ma voiture, j'allais fermer la portière... on m'a appliqué un mouchoir sur le visage... et puis, je me suis senti tomber... après, je ne sais plus.

— Votre portefeuille ? Où est-il ? continue la jeune détective.

L'homme fouille ses poches.

— Je ne l'ai plus, constate-t-il. On me l'a volé !

Là-dessus, l'inconnu décline son nom – George Brunner – et déclare qu'il est venu seul. La jeune fille se présente à son tour puis aide l'homme à se relever et le conduit jusqu'à la maison. Là, elle

s'empresse de le confier aux soins de deux employées de maison. Cependant, le calme qui règne dans la demeure surprend tellement Alice qu'elle se demande un instant si elle ne s'est pas trompée en soupçonnant un cambriolage.

Elle rejoint immédiatement M. Lightner et lui fait part de ses craintes. Aussitôt, ils se livrent à une rapide enquête dont le résultat est édifiant : plusieurs pièces d'argenterie ont disparu ainsi que des statuettes d'ivoire et des bijoux... Le directeur du Joyeux-Carnaval est consterné.

— Quel désastre, cette histoire va me ruiner ! gémit-il. Qu'est-ce que je vais pouvoir faire maintenant ? Je suis un homme perdu !

— Mais non, il ne faut pas vous décourager comme ça, tente de le rassurer la jeune fille.

Puis elle ajoute, sur un ton de feinte indifférence :

— Tiens, où est M. Tombar ?

— Je ne l'ai pas vu. Il doit être en train de fouiller le parc et la maison, à la recherche des voleurs !

Sceptique, Alice décide de vérifier par elle-même. Elle parcourt toute la demeure, pièce par pièce, et finit par découvrir M. Tombar dans la cuisine, occupé à gronder vertement son personnel.

— Le service est trop lent, vous marchez tous comme des tortues ! clame-t-il. Si vous croyez que Mme Clayton et ses invités vont passer la nuit à attendre votre bon plaisir !

La jeune détective écoute patiemment puis,

lorsque M. Tombar a terminé, elle s'approche, l'air indifférent, et se met à lui parler du vol qui vient d'être commis.

— Moi, j'étais dehors, commence-t-elle, et je ne me suis aperçue de rien. Et vous, vous n'avez pas eu trop peur ?

— Pas du tout, répond M. Tombar sèchement.

— Vous n'avez rien vu ? s'étonne son interlocutrice.

— Mais pour qui est-ce que vous vous prenez ? riposte l'homme d'un ton brutal. Laissez-moi tranquille, je n'ai pas que ça à faire !

Sur ces mots, il tourne les talons et sort, claquant derrière lui la porte de la cuisine.

Dans l'intervalle, la police est arrivée sur les lieux. Alice accompagne les inspecteurs et assiste à leurs premières investigations. Les cambrioleurs ont opéré comme à leur habitude et, cette fois encore personne n'a rien vu, ni entendu.

« Si on ne change pas de tactique, on ne mettra jamais la main sur ces bandits, réfléchit Alice tandis qu'un peu plus tard, elle roule sur la route qui mène chez elle. Et ce M. Tombar m'inquiète de plus en plus. Il connaît son métier à la perfection, c'est sûr, mais son attitude est vraiment étrange... Je n'ai pas la moindre confiance en lui ! Il faudrait que je trouve un moyen pour aller à la réception de samedi. Le 28 juin : c'est la seconde date indiquée sur le masque. Mais je suis déjà invitée à une soirée, avec Ned. Il ne me pardonnerait jamais d'annuler au dernier moment ! »

Le lendemain matin, la jeune fille prend son petit déjeuner en tournant de nouveaux plans d'action dans sa tête lorsque son amie Bess sonne à la porte. Celle-ci a le visage grave.

— Qu'est-ce qu'il y a ? s'étonne Alice. Tu n'es pas si matinale d'habitude...

— C'est Marion. Elle ne va pas mieux. Le médecin dit que c'est à cause du choc qu'elle a reçu l'autre jour. Mais, à mon avis, il y a autre chose : je crois qu'elle a peur, à s'en rendre malade... Je n'y comprends rien : elle n'avait peur de rien avant... Il faudrait que tu essaies de lui parler, elle se fait un sang d'encre pour toi.

Lorsque les deux amies arrivent chez Marion, elles trouvent celle-ci assise dans son lit, un plateau devant elle.

— Qu'est-ce qui s'est passé hier soir ? questionne anxieusement la malade. Dans le journal, j'ai lu qu'il y avait eu un cambriolage chez les Clayton. Je suis sûre que tu étais là-bas, Alice.

— C'est vrai.

— Et moi qui t'avais suppliée de renoncer à cette maudite affaire ! s'écrie soudain la jeune fille avec violence.

Et elle poursuit d'une voix étouffée par les sanglots :

— Tu ne te rends pas compte de ce dont ces gens sont capables !

Alice et Bess s'efforcent de calmer leur amie, puis finissent par se retirer, très inquiètes.

— J'ai l'impression que le seul fait de me voir suffit à mettre Marion dans tous ses états, observe la jeune détective.

— Il faut absolument qu'on évite de parler de ton enquête en sa présence, décrète Bess.

— C'est toujours elle qui y revient la première, soupire Alice. C'est horrible, j'ai l'impression de ne plus la reconnaître !

— Il vaudrait peut-être mieux abandonner cette enquête, ou au moins faire semblant... Ça la tranquilliserait.

— Tu as raison ; je vais suivre ton conseil, Marion ne s'apercevra de rien, promet Alice. Et maintenant, il faut que je passe chez Morris faire quelques courses. Tu viens avec moi ?

Arrivée au magasin, la jeune fille achète une théière pour Sarah, puis elle se présente chez M. Johnson et lui demande où en est le retrait des cartes.

— Elles ne rentrent pas vite, s'excuse-t-il. Nous n'avons pas vraiment le temps de les réclamer aux retardataires. Je vous tiendrai au courant.

Alice est très déçue de l'indifférence manifestée par M. Johnson.

— C'est incompréhensible, se plaint-elle à Bess. On dirait qu'il se moque complètement de savoir s'il y a un voleur dans son personnel !

En traversant le rayon de la bijouterie, les deux amies reconnaissent une de leurs anciennes camarades de classe, Norma Thompson. Celle-ci vient d'entrer chez Morris comme vendeuse. Les jeunes filles bavardent quelques instants, puis Alice demande à Norma si elle a déjà remis sa carte au service du crédit, comme la direction l'a exigé.

— Non, admet Norma. J'allais le faire quand on a reçu une seconde note annulant la première.

À ces mots, Alice bondit.

— Comment ! s'exclame-t-elle. Tu sais pourquoi ?

— Pas du tout. On nous a seulement dit que ce n'était plus la peine de rendre les cartes.

— C'est pour ça que M. Johnson en a récupéré si peu, conclut Alice.

Curieuse d'en apprendre davantage, elle retourne sur-le-champ chez le directeur du service de crédit, suivie de Bess. M. Johnson n'est plus dans son bureau, mais sa secrétaire assure aux visiteuses que le contrordre ne vient pas de lui.

Les jeunes filles flânent encore un moment dans le magasin, puis Bess propose de retourner à la bijouterie car elle espère y trouver un cadeau pour l'anniversaire de sa mère.

— Justement, j'ai reçu ce matin tout un choix de broches anciennes, déclare Norma. Et notamment une miniature ravissante. Je vais te la montrer.

— Elle risque d'être trop chère pour moi, objecte Bess.

— Non, pas celle-ci, lui assure Norma.

Et elle ajoute avec un sourire :

— À mon avis, le prix est ridicule. Je n'en croyais pas mes yeux quand j'ai vu l'étiquette. D'ailleurs, tu vas pouvoir juger par toi-même.

La vendeuse guide ses amies vers un autre comptoir, sur lequel est exposé un assortiment de bijoux d'un prix abordable. Parmi eux, se trouve une miniature en ivoire de la reine Marie-Antoinette.

Alice sent brusquement le souffle lui manquer. Cette broche est exactement la même que celle qui a été dérobée chez les parents de Gloria Hendrick !

« C'est impossible, se dit-elle, tout étourdie par la surprise. C'est sûrement une réplique... Pourtant, si c'était une copie, on ne verrait pas ces petites égratignures sur la monture ! »

Et soudain, sûre d'elle, la jeune fille lance d'une voix triomphante :

— Bess ! cette miniature a été volée chez les Hendrick !

chapitre 15

Alice mène l'enquête

Abasourdie par ce qu'elle vient d'entendre, Norma questionne la jeune détective :

— Comment est-ce que tu peux savoir que cette broche a été volée ? s'étonne-t-elle.

Tout en examinant minutieusement le bijou, Alice et Bess expliquent à leur camarade qu'elles ont eu l'occasion de remarquer cette miniature chez les Hendrick quelques instants avant le cambriolage.

— La direction du magasin n'aurait jamais accepté d'écouler de la marchandise volée, réplique Norma.

— Bien sûr. Ça n'a pu se faire qu'à leur insu, reconnaît Alice.

— Moi, ce qui me paraît bizarre, c'est le prix. Il est bien inférieur à la valeur réelle du bijou, même si ce n'est qu'une copie, intervient Bess.

Alice achète aussitôt la miniature, bien résolue à découvrir s'il s'agit de celle qui a été dérobée chez les Hendrick.

— Tu en as d'autres dans ce genre ? demande-t-elle à Norma.

— Je sais qu'on a reçu plusieurs paquets, mais tout n'a pas encore été déballé, l'informe la jeune fille. Je vais me renseigner auprès de M. Watkins. C'est mon chef de rayon.

Dès qu'il voit la broche que la vendeuse s'apprête à remettre à Alice, M. Watkins jette un coup d'œil surpris sur l'étiquette.

— Il y a une erreur, cet article n'est pas à son prix, déclare-t-il. Maintenant que vous l'avez payé, vous pouvez le garder, bien sûr, mademoiselle, mais nous allons devoir vérifier nos factures avant de mettre le reste de cet envoi à la vente.

— Est-ce qu'il y a d'autres miniatures dans le lot dont vous parlez ? questionne la détective. J'aimerais bien les voir, si c'est possible.

— On va s'en assurer tout de suite, lance le chef de rayon. Suivez-moi jusqu'à la réserve.

M. Watkins guide les deux jeunes filles vers un vaste bâtiment réservé aux arrivages.

— Snecker ! appelle M. Watkins. Snecker ! Où êtes-vous ?

À ce moment, un jeune homme passe la tête à la porte du bureau qui communique avec la remise.

— Il n'est pas là, monsieur, dit-il. Il a pris sa journée.

— Encore ! s'exclame le chef de service avec humeur.

Se tournant alors vers les jeunes filles, il leur explique que Robert Snecker est chargé d'ouvrir les caisses et d'en contrôler le contenu. Ensuite, il étiquette les articles destinés à la vente.

— C'est donc lui qui a fait une erreur sur le prix de la broche ? se renseigne Alice.

— Oui, mademoiselle. Je vais jeter un œil à la facture, ajoute-t-il.

L'homme revient bientôt, le visage sombre.

— C'est bizarre, bougonne-t-il. Je n'arrive pas à mettre la main sur la facture qui correspond à l'achat de cette miniature. Il n'y a pas la moindre trace non plus sur le registre d'entrée des marchandises. Et pourtant, je suis sûr qu'on a eu un arrivage d'articles importés il y a quelques jours.

M. Watkins questionne à nouveau le jeune employé, mais celui-ci ne peut lui fournir aucun éclaircissement.

— Bon, je verrai Snecker demain, décrète le chef de rayon.

— Est-ce que M. Snecker travaille chez vous depuis longtemps ? s'enquiert la jeune détective.

— Non, il est ici depuis quelques semaines seulement, répond le chef de rayon. Mais il nous donne entière satisfaction. Le seul reproche qu'on peut lui faire, c'est de s'absenter trop souvent. Il n'arrête pas de prendre des jours de congé. Et dès qu'il quitte le magasin, il file à la campagne.

Tout en parlant, M. Watkins continue de feuilleter une série de papiers rangés dans un classeur.

— Il ne pense qu'à aller à la pêche, reprend-il. Dès qu'il a une heure de liberté, il va au bord de la rivière, quel que soit le temps.

Alice écoute ces détails avec surprise.

« C'est étrange ! s'étonne-t-elle. Comment M. Snecker peut-il garder son emploi dans ces conditions ? Je crois que je vais refaire un tour au magasin demain et que je lui poserai quelques questions. »

Puis, toujours escortée de son amie Bess, elle se rend chez Mme Hendrick. Celle-ci et sa fille Gloria reconnaissent la miniature sans la moindre hésitation.

— Je n'arrive pas à y croire ! s'indigne la maîtresse de maison. Je n'aurais jamais pensé qu'on vendait des marchandises volées chez Morris ! Je vais appeler la police immédiatement.

— Je ne vous le conseille pas, intervient Alice. Je suis persuadée que les directeurs du magasin n'ont rien à se reprocher dans cette histoire, et j'aimerais assez tirer l'affaire au clair moi-même. Si la police s'en mêle, je pourrais passer à côté de certains détails importants pour la suite de l'enquête.

— À ta place, j'écouterais Alice, insiste Gloria. Il faut la laisser faire : c'est elle qui a retrouvé la miniature !

Mme Hendrick ne peut s'empêcher de sourire.

— C'est d'accord, décide-t-elle. J'attendrai quelques jours avant de prévenir qui que ce soit. Comme ça, vous aurez le temps d'interroger ce M. Snecker.

— Merci, répond la jeune fille simplement.

Le lendemain matin, Alice se présente au magasin Morris de bonne heure. Malheureusement, on lui apprend que M. Snecker vient de téléphoner pour prévenir qu'il était encore trop souffrant pour assurer son service.

— Je parie qu'il est à la pêche, grommelle M. Watkins. Il commence à exagérer !

— Est-ce que vous savez où il habite ? lui demande la jeune fille.

— Je vais vous dire ça tout de suite, affirme-t-il.

Et, consultant un registre, il annonce :

— 24, rue des Tanneurs, à River City.

Alice remercie M. Watkins et s'apprête à prendre congé quand une idée lui traverse l'esprit.

— Pourrais-je voir la note de contrordre qui a été envoyée aux employés ? questionne-t-elle. Celle qui indiquait que ce n'était pas la peine de rapporter les cartes de crédit.

— Je dois avoir ça quelque part, répond le chef de rayon. Je reviens tout de suite.

Quelques secondes plus tard, il est de retour, une feuille de papier à la main. La jeune détective l'examine aussitôt et constate avec surprise que la note n'est pas signée, ce qui ne fait qu'accroître ses soupçons. Elle remercie encore le chef de service et quitte le magasin.

« Et maintenant, décide-t-elle, marchant d'un pas résolu vers son cabriolet, il faut absolument que je fasse parler ce M. Snecker. »

Elle met le contact et s'engage bientôt dans un

labyrinthe de ruelles d'un quartier modeste. Elle finit par atteindre la rue des Tanneurs. Au numéro 24, se dresse une bâtisse de briques rouges, à quatre étages, aussi crasseuse que délabrée.

Alice dépasse la maison, dans l'intention de se garer un peu loin. Elle vient à peine de s'arrêter qu'une voiture, qui stationnait en face du numéro 24, démarre et file à vive allure.

« Tiens, se dit machinalement la jeune fille, j'ai l'impression d'avoir déjà vu cette voiture... »

Soudain, son cœur se met à battre à grands coups : ce cabriolet vert avec sa carrosserie et ses roues maculées de boue lui rappelle un souvenir précis.

— C'est M. Tombar ! s'écrie-t-elle. Il sort de chez Snecker !

chapitre 16

En visite

Alice hésite à s'élancer à la poursuite de M. Tombar, mais elle renonce aussitôt à ce projet pour se rendre chez M. Snecker. Cependant, elle a la présence d'esprit de relever le numéro d'immatriculation du cabriolet vert et se hâte de le noter sur son agenda. Puis elle se dirige vers la maison de briques et appuie sur le bouton de l'interphone correspondant à l'appartement de M. Snecker.

— Qui est là ? répond une voix féminine nasillarde.

— Je viens de chez Morris, annonce la jeune fille, résolue à ne pas se présenter de manière plus explicite.

— Il ne manquait plus que ça ! s'exclame la voix, qui semble trahir une grande nervosité. Attendez-moi : je descends.

La jeune détective pénètre dans l'entrée de l'immeuble. Au bout d'un moment, une femme paraît,

essoufflée. Elle est grande et forte, avec un menton volontaire et un regard bleu inquiétant.

— Vous êtes Mme Snecker ? commence la jeune fille.

— Ben oui, réplique la locataire, observant sa visiteuse avec méfiance. Alors, c'est le magasin qui vous envoie ?

— Je suis venue prendre des nouvelles de votre mari.

— Il est encore malade.

— Je suis désolée... Rien de grave, j'espère ?

— Il est au lit avec une crise d'asthme. J'ai beau lui dire que, s'il ne traînait pas tout le temps à la rivière, ça ne lui arriverait pas, il n'en fait qu'à sa tête ! Le médecin lui a prescrit des médicaments, mais ça coûte beaucoup trop cher quand on n'a pas le sou.

La tirade de Mme Snecker est brusquement interrompue par un cri retentissant provenant du haut de l'escalier :

— Florence ! Tu viens, oui ?

La femme lève les bras au ciel.

— Ça faisait longtemps ! Il m'appelle toutes les deux minutes, s'écrie-t-elle, hors d'elle. Il est infernal quand il est malade ! Toujours en train de se plaindre ! Heureusement qu'il travaille de temps en temps : là, au moins, j'ai la paix ! Enfin, y'en a plus pour très longtemps maintenant : on va quitter ce sale quartier.

— Vous avez trouvé un appartement plus agréable ? questionne Alice, intéressée.

— Ah ça, c'est sûr, et cette fois, ça ne sera pas rien, confirme Mme Snecker, d'un air satisfait.

— Excusez-moi d'être indiscrète mais comment allez-vous faire ? Visiblement, votre mari ne gagne pas beaucoup d'argent.

— Au magasin, non ! Mais il a trouvé un petit à-côté...

La femme se penche vers la jeune fille et ajoute, en baissant la voix :

— Avec Bob, on va bientôt rouler sur l'or et je vous garantis qu'on va faire des envieux !

— Comme votre ami M. Tombar ? lâche la jeune détective.

— Exactement ! Et croyez-moi...

La femme s'arrête net et fixe sur son interlocutrice un regard soupçonneux, réalisant, mais un peu tard, qu'elle a sans doute été trop bavarde. Sans ajouter un mot, elle claque la porte au nez de la visiteuse et celle-ci l'entend remonter l'escalier en toute hâte.

« Dommage, j'aurais bien aimé voir M. Snecker, se dit la jeune fille en regagnant sa voiture. Bah ! Je peux m'estimer heureuse : j'ai au moins appris que M. Tombar est un de ses amis ! Je serai curieuse cependant de savoir en quoi consiste ce ″ petit à-côté″ ... »

Ce soir-là, Alice se prépare sans grand enthousiasme pour la soirée où elle est invitée avec Ned. Les derniers événements ne cessent de la tourmenter et elle préférerait de beaucoup rester chez elle pour y réfléchir. Mais une fois sur place, ses dernières réticences disparaissent vite. Le jeune homme l'entraîne danser et, bientôt, la jeune fille laisse de côté son enquête et profite pleinement de la fête.

Le lundi matin, la détective reprend ses investigations avec ardeur et décide de rendre visite à M. Lightner. Elle le trouve en train de dicter une lettre à sa secrétaire ; il a l'air d'excellente humeur.

— La réception de samedi s'est très bien passée, claironne-t-il comme la jeune fille entre dans son bureau. Pas la moindre tentative de cambriolage !

Alice exprime sa satisfaction, mais émet néanmoins quelques réserves.

— Ça ne prouve pas que les bandits aient cessé leurs activités, insiste-t-elle. Ils savent que la police est sur leurs traces et, à mon avis, ils préfèrent se faire oublier pendant quelque temps. On verra bien demain, car nous serons le 1er juillet et c'est la prochaine date inscrite à l'intérieur du masque.

— Je suis au courant, Linda m'en a parlé. C'est elle qui avait organisé la fête de demain soir chez les Dwight.

— J'aimerais bien assister à la réception, cela ne vous ennuie pas ?

— Pas du tout. Je me charge de vous procurer une invitation.

La jeune détective se tait quelques instants, puis observe :

— Dommage que Linda ne puisse pas venir, elle

connaît parfaitement la maison des Dwight et elle aurait pu m'être d'un grand secours. Son aide doit vous manquer à vous aussi, non ?

— C'est vrai, reconnaît le directeur

— Alors, pourquoi est-ce que vous ne la reprenez pas ?

M. Lightner fronce les sourcils.

— Il faudrait que vous en parliez à M. Tombar, répond-il, l'air gêné. C'est de son ressort.

— Vous pensez que je peux aborder le sujet avec lui ?

— Vous pouvez toujours essayer, mais je ne suis pas sûr que ça serve à grand chose.

La jeune fille partage l'opinion de M. Lightner. Cependant, elle tient à tenter sa chance et se met à la recherche de M. Tombar.

— Il est occupé, déclare la secrétaire à laquelle la jeune fille s'adresse.

— Je vais attendre, alors, décide Alice.

À travers la porte fermée, les échos d'une discussion agitée lui parviennent et elle reconnaît sans peine les violents éclats de voix de M. Tombar.

— Il n'en est pas question ! vocifère-t-il. N'insistez pas, vous entendez !

La réponse du visiteur, proférée d'une voix imperceptible, échappe à la jeune détective. Mais la réplique de M. Tombar est un véritable hurlement de rage :

— Sortez, Harris ! Sortez, avant que je ne vous jette dehors !

Brusquement, la porte s'ouvre et M. Harris sort

en trombe. C'est à peine si Alice a le temps de distinguer ses traits : M. Tombar surgit devant elle, au comble de la fureur. Son visage congestionné semble près d'éclater.

— Encore vous ! crie-t-il, brandissant son poing sous le nez de la jeune fille, éberluée. Et par-dessus le marché, vous écoutez aux portes, vous m'espionnez !

chapitre 17

L'auberge de l'Iris-Bleu

Malgré son indignation, Alice garde son sang-froid.

— Je vous espionne, moi ? rétorque-t-elle. Je ne comprends rien à ce que vous dites !

— Petite peste ! riposte l'homme. Je ne peux pas faire un geste sans vous voir débarquer !

La jeune fille, prudente, garde le silence.

— Eh bien, puisque vous êtes si curieuse, continue-t-il, je vais vous révéler pourquoi M. Harris était là tout à l'heure. Il cherche à me vendre une concession au cimetière de River City et je n'en veux pas, c'est tout.

Bien que persuadée que c'est un mensonge, la visiteuse fait mine de croire l'explication.

— Ça n'est jamais agréable de penser à la mort, observe-t-elle, mais c'est parfois nécessaire...

— Oui, sans doute, se calme un peu M. Tombar. Bon, qu'est-ce que vous voulez ?

La jeune détective expose alors le but de sa visite et s'efforce de plaider la cause de Linda.

— Je suis sûre qu'elle est innocente, assure-t-elle, et je...

— Laissez tomber, tranche M. Tombar. Je n'ai pas confiance en elle.

À cet instant, la sonnerie du téléphone retentit et le sous-directeur du Joyeux-Carnaval revient à son bureau pour répondre. Il se met aussitôt à parler à voix basse. Néanmoins, un prénom frappe l'oreille d'Alice : Florence... Tout de suite, des suppositions s'échafaudent dans l'esprit de la jeune fille.

Soudain, M. Tombar raccroche violemment et, faisant volte-face, aperçoit la jeune fille qui, sur le seuil du bureau, semble tendre l'oreille. Alors, fou de rage, il marche vers elle, serrant les poings.

— Vous êtes encore en train de m'espionner ! hurle-t-il. Ça ne va pas se passer comme ça !

Il s'arrête net, le visage convulsé, le regard portant au-delà d'Alice. Celle-ci se retourne. Derrière elle, se tient M. Lightner qui fixe son collaborateur d'un œil courroucé.

— Que signifie tout cela ? demande-t-il sévèrement. Expliquez-vous, monsieur Tombar.

— Je suis désolé, monsieur. Je ne me suis pas rendu compte que j'avais élevé la voix...

Alice s'esquive dans le couloir afin de laisser les deux hommes en tête à tête, mais comme ni l'un ni l'autre ne se préoccupe de fermer la porte, elle peut tout entendre.

— Écoutez-moi bien, Tombar, commence M. Lightner. Voilà plusieurs mois, je vous ai laissé les rênes de mon entreprise, comme vous me l'aviez proposé d'ailleurs. Je vous ai aussi chargé de la gestion du personnel. Pourtant, vous avez licencié Mlle Seeley sans me prévenir, alors que vous saviez pertinemment que j'appréciais ses services... Depuis, les choses ne se sont pas améliorées, bien au contraire. Et maintenant, je vous surprends en train de menacer Mlle Roy, la fille d'un de mes excellents amis ! C'en est trop !

— Je vous présente mes excuses, monsieur.

— Je les accepte, réplique M. Lightner. En même temps que votre démission !

— Ma démission ? répète M. Tombar, incrédule. Mais c'est impossible, vous ne pouvez pas me renvoyer comme ça !

— J'ai parfaitement le droit de vous licencier et je ne vais pas m'en priver, précise le directeur froidement. Avant de partir, vous passerez à la comptabilité récupérer votre solde. Je n'ai plus rien à vous dire.

Là-dessus, le directeur tourne les talons et sort. Comme il croise Alice, il lui prie d'accepter ses excuses pour l'attitude inqualifiable de son employé et lui promet de reconsidérer le cas de Linda Seeley.

Surprise par ce revirement inespéré, Alice quitte le Joyeux-Carnaval ravie. Elle se rend au bureau de son père, pour voir s'il ne sait pas quelque chose sur M. Harris. L'avocat lui apprend que l'homme travaille dans une agence immobilière. Son métier n'a rien à voir avec la vente de concessions au cimetière de la ville.

La jeune détective décide alors de rencontrer M. Harris sur-le-champ et se met en route pour l'avenue Blanche, où sont situés ses bureaux. Dès son arrivée, elle expose sans détours à l'agent immobilier le but de sa visite et l'interroge sur ses relations avec M. Tombar. Encore sous le coup de la violente dispute qu'il vient d'avoir avec le sous-directeur du Joyeux-Carnaval, M. Harris répond de bonne grâce :

— J'ai simplement demandé à M. Tombar s'il avait l'intention de vendre l'auberge de l'Iris-Bleu, explique-t-il. Vous connaissez l'endroit ?

— Pas du tout, reconnaît Alice.

— C'est une vieille auberge très pittoresque, perdue en pleine campagne, sur la route de la Forêt, à une trentaine de kilomètres de River City. J'ai un client qui serait intéressé pour racheter l'endroit et en faire un restaurant avec une piste de danse. J'en ai parlé à M. Tombar, qui a acheté l'auberge il y a quelque temps pour une bouchée de pain. Il pourrait faire de gros bénéfices en la revendant.

— Et il a refusé ?

— Il n'a même pas voulu en entendre parler.

« Je me demande si ce n'est pas là que M. Tombar allait tous les jours, à l'heure du déjeuner, songe la jeune détective. Ce n'est pas très loin, il en avait le temps. »

Se souvenant de la boue qui couvrait les pneus

du cabriolet vert, elle cherche à se renseigner sur l'état de la route de la Forêt.

— Le chemin n'est pas très bon, l'informe M. Harris. Il n'est même pas goudronné jusqu'au bout, et c'est assez ennuyeux. Heureusement, mon client a de gros moyens et il est prêt à payer de sa poche pour faire aménager la route.

L'auberge de l'Iris-Bleu... Ce nom intrigue la jeune fille. En d'autres circonstances, elle aurait déjà souhaité connaître cette maison mais, à présent, sachant que le propriétaire en est Peter Tombar, elle meurt littéralement d'envie de la voir.

Dès qu'elle est de retour chez elle, Alice téléphone à Bess pour la mettre au courant des derniers événements et l'inviter à se rendre avec elle à l'Iris-Bleu le lendemain matin.

— Je n'en ai pas très envie, avoue Bess. Mais je ne veux pas t'abandonner. On part quand ?

— Je passerai te prendre vers neuf heures, déclare son amie.

Puis elle se met à rire et ajoute :

— Tu ferais peut-être mieux d'emporter des sandwiches, parce que ça m'étonnerait qu'on nous offre à déjeuner à l'auberge de l'Iris-Bleu ! Et puis, j'ai bien peur qu'on passe une bonne partie de la journée là-bas !

— Dans cette vieille bicoque perdue au fond des bois ? proteste Bess. Si tu continues, tu vas y aller toute seule, Alice !

chapitre 18

Alice se déguise

Le soleil brille ardemment lorsque, le lendemain matin, Alice et Bess découvrent enfin l'auberge de l'Iris-Bleu. Complètement à l'écart des fermes installées aux alentours, la maison, d'aspect sinistre, s'abrite à l'ombre de quelques grands pins. L'endroit semble abandonné et les plates-bandes d'iris, qui lui ont sans doute donné son nom dans le temps, disparaissent sous les ronces et les herbes folles.

Alice laisse sa voiture à bonne distance, puis, suivie de Bess, elle s'avance prudemment vers l'auberge. De peur que M. Tombar ne se trouve dans les parages, les jeunes filles marchent sans bruit tout en surveillant les fenêtres de la maison, pour la plupart barricadées avec des planches.

— Rien que de voir cette bicoque, j'en ai la chair de poule..., murmure Bess. Tu parles d'une auberge !

Sa compagne sourit.

— L'endroit est joli, pourtant. Je suis sûre qu'on pourrait en faire quelque chose de très bien.

Les deux amies font le tour de la masure et jettent un coup d'œil à travers les fentes des volets et des planches. À leur grand étonnement, elles remarquent que les pièces sont tout encombrées de boîtes et de caisses, dont certaines sont clouées et solidement cerclées.

— Ça ressemble à un entrepôt, observe Bess.

— Ces caisses viennent peut-être de chez Morris, suggère la jeune détective. Snecker travaille justement à la réception des marchandises et comme il connaît M. Tombar...

— Tu crois que ce sont des objets volés ?

— J'en ai bien l'impression. Si seulement on pouvait entrer dans la maison et ouvrir l'un de ces colis !

Alice inspecte soigneusement les fenêtres, vérifie la fermeture des portes : comme elle le craignait, tout est verrouillé et soigneusement barricadé.

— Impossible d'entrer sans démolir quelque chose, constate-t-elle.

— Alors, il faut qu'on retourne à River City pour prévenir la police.

— Effectivement, je crois qu'il n'y a rien d'autre à faire, convient Alice en soupirant. Mais j'espère bien qu'on arrivera à entrer dans cette bicoque à un moment ou à un autre. Tu sais, je commence à y voir un peu plus clair dans cette affaire, alors que, jusqu'à présent, c'était un vrai casse-tête chinois...

— Tant mieux !

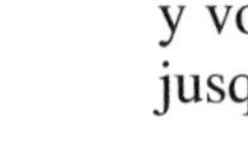

— Tu te souviens de cette carte de crédit que j'ai découverte dans la rue, le jour où Marion a été enlevée ? Je suis sûre que c'est celle de Snecker. Et, en ce qui concerne les caisses, à moins qu'elles ne contiennent le mobilier de l'Iris-Bleu, je crois qu'elles n'ont rien à faire là.

— Je suis d'accord avec toi. Mais imagine qu'elles appartiennent bien à l'auberge, on aura l'air malin d'alerter la police.

— C'est justement pour ça que je tiens à m'en assurer avant de l'appeler, conclut Alice.

Après avoir dévoré leur délicieux pique-nique un peu à l'écart de l'auberge, elle ramène son amie chez elle et prend la direction du bureau de son père. Après s'être renseigné en passant quelques coups de fil, celui-ci lui apprend que M. Tombar a acquis l'auberge non meublée.

— Qu'est-ce que tu penses de tout ça ? questionne la jeune fille.

— À mon avis, il faudrait d'abord savoir si M. Tombar n'a pas acheté une partie du mobilier lors de la vente aux enchères.

— Tu as raison, je vais vérifier ça tout de suite.

La jeune détective regagne aussitôt sa voiture pour se rendre chez le commissaire-priseur. En chemin, elle tombe sur M. Lightner.

— Je suis ravi de vous croiser, mademoiselle, s'écrie-t-il d'un ton cordial. J'ai essayé de vous avoir au téléphone toute la matinée.

— J'étais partie me promener à la campagne, explique la jeune détective.

— Vous vous souvenez que la fête chez les Dwight a lieu ce soir ? s'inquiète-t-il.

— Oui, bien sûr.

— Au dernier moment, ils ont décidé que tout le monde devrait porter un costume. Je vous en fournirai un si vous voulez.

— Je pourrais me déguiser en responsable du vestiaire ?

— Excellente idée. En effet, c'est le meilleur poste d'observation possible : vous verrez défiler tous les invités. Venez avec moi, je vais vous trouver la tenue qui conviendra.

Remettant à plus tard sa visite au commissaire-priseur, Alice suit M. Lightner jusqu'au Joyeux-Carnaval. Là, elle choisit une jupe noire assez stricte ainsi qu'un chemisier blanc avec un large col et des poignets relevés. Elle complète le tout par une coiffe en dentelle blanche.

— J'ai une bonne nouvelle, annonce M. Lightner, comme il reconduit la jeune fille à la porte quelques instants plus tard. J'ai décidé de reprendre Mlle Seeley.

— C'est formidable ! se réjouit Alice.

La jeune fille sait pourtant que, pour que son amie soit lavée de tout soupçon, elle doit absolument démasquer les voleurs.

Alors qu'elle rentre chez elle, portant un grand carton sous le bras, elle a l'heureuse surprise de trouver son ami Ned qui l'attend, assis à l'entrée de la véranda.

— Salut, ma vieille ! l'apostrophe-t-il gaiement.

— Je suis contente de te voir, s'écrie Alice.

— Moi aussi. Et puis, j'ai fini mes examens ce matin. Je suis en vacances : la vie est belle ! Dis-moi, qu'est-ce qu'il y a dans ce carton ? Une robe neuve pour aller danser ce soir ?

— Peut-être..., murmure la jeune fille, mystérieuse.

Elle expose au jeune homme le plan qu'elle a imaginé, puis elle ajoute :

— Pourquoi est-ce que tu ne viendrais pas avec moi ? Tu pourrais faire le groom ou bien t'occuper du vestiaire des hommes pendant que je surveillerais celui des dames. Ça te tente de m'aider à attraper deux ou trois bandits masqués ?

— Je me trompe ou je n'ai pas le choix ? plaisante Ned. Allez, c'est d'accord !

— Parfait ! Prévenons M. Lightner !

Le directeur du Joyeux-Carnaval accepte sans hésiter la suggestion d'Alice et propose à Ned de seconder la personne envoyée par la maison Lightner au vestiaire des hommes.

— Et maintenant, si tu me racontais un peu les derniers événements ? lance le jeune homme. Je n'ai pas arrêté de réviser depuis la dernière fois que je t'ai vue et j'ai sûrement manqué quelques épisodes !

Alice s'empresse de satisfaire la curiosité de Ned et termine son récit en parlant des liens qu'elle a découverts entre M. Tombar et Robert Snecker.

— En tout cas, mes prochaines recherches porteront sur l'auberge de l'Iris-Bleu, conclut-elle.

— Ce qui m'étonne le plus, observe le jeune

homme avec malice, c'est que, Marion et toi, vous n'ayez pas encore réussi à démonter cette maison planche par planche pour venir à bout de ce mystère !

Au nom de son amie, le visage de la jeune détective s'assombrit.

— Marion ne participe plus à l'enquête et je m'inquiète beaucoup pour elle, soupire-t-elle. Elle ne se remet pas du choc qu'elle a subi et personne n'arrive à lui changer les idées.

— C'est triste, murmure Ned.

Puis le jeune homme part dîner chez lui. Quand il revient, une heure plus tard, vêtu du costume de valet envoyé par M. Lightner, Alice le regarde d'un œil amusé.

— Magnifique ! s'exclame-t-elle. Tu vas avoir un succès fou au vestiaire ! Et moi, comment tu me trouves ?

— Très bien, mais complètement différente de ce que tu es d'habitude... Qu'est-ce que c'est que ce truc que tu as sur la tête !

Lorsque les deux jeunes gens se présentent chez Mme Dwight, le directeur du Joyeux-Carnaval est déjà là. Il glisse à l'oreille d'Alice que les dispositions nécessaires ont été prises pour empêcher les bandits d'opérer.

— Tout va bien se passer, déclare-t-il. J'ai fait venir six inspecteurs en civil pour la surveillance.

Les nouveaux venus gagnent immédiatement les deux chambres du premier étage où les vestiaires sont installés. Dans celui réservé aux dames, Alice fait connaissance avec la jeune fille qu'elle doit seconder, Hilda.

Pendant l'heure qui suit, la jeune détective s'acquitte de sa tâche adroitement, tout en remarquant au passage que certains invités portent des déguisements ravissants, qu'elle a eu l'occasion d'admirer au magasin de M. Lightner. Quant aux masques, il y en a de toutes les formes et de tous les genres, même si la plupart ne sont que de simples loups. Parmi les invitées, la jeune fille ne reconnaît personne.

Quand le bal commence, M. Lightner vient l'informer que toutes les personnes qui se sont présentées à l'entrée possédaient un carton d'invitation dûment contresigné par lui. À l'annonce de cette nouvelle, Alice pousse un soupir de soulagement. De son côté, Hilda décide de se reposer en attendant la fin de la réception.

— On est tranquilles pour au moins deux heures, affirme-t-elle en s'installant confortablement sur un canapé. Autant en profiter !

Cependant, sa compagne décide de rester vigilante. Quelques instants plus tard, un invité apparaît. C'est un homme de haute taille, qui porte un magnifique costume de calife.

— Ma femme voudrait son manteau. Il est vert foncé, explique-il, en tendant à la jeune fille un jeton de vestiaire. Faites vite, nous sommes assez pressés.

Alice jette sur l'inconnu un coup d'œil furtif, mais elle ne parvient pas à détailler son visage à demi masqué par l'écharpe de soie blanche qui complète le déguisement. Toutefois, l'expression de son regard lui paraît inquiétante.

La jeune fille n'a pas besoin de se référer au numéro du jeton pour savoir quel manteau on lui demande ; elle n'en a reçu qu'un seul de cette couleur. Elle choisit néanmoins de prendre son temps et fait semblant de ne pas retrouver le vêtement.

— Dépêchez-vous ! s'impatiente l'homme.

Alice remarque qu'il parle avec un léger accent britannique. Plus intriguée que jamais, elle lui tourne délibérément le dos et glisse la main dans la poche intérieure du manteau. Ses doigts rencontrent un objet souple et doux au toucher, qu'elle sort en toute hâte. C'est une cagoule de velours noir, comme celles que portent les membres du gang au Masque de Velours !

chapitre 19

Danger dans l'ombre

Alice n'hésite pas une seconde : résolue à ne pas trahir sa découverte, elle replace le masque à l'intérieur de la poche, décroche le manteau de son cintre et le remet à l'homme.

Dès que celui-ci s'est éloigné, la jeune fille se débarrasse de sa coiffe de dentelle. Puis elle enfile le vieux manteau démodé qu'elle a apporté.

— Je vous laisse, déclare-t-elle sans cérémonie à Hilda, qui la regarde avec effarement.

— Ça, alors ! s'indigne celle-ci.

Faisant la sourde oreille aux récriminations de la responsable des vestiaires, la jeune détective se lance à la poursuite de l'inconnu. Au passage, elle adresse un signe à Ned, qui la rattrape sur le palier du premier étage. Du haut de l'escalier, les deux jeunes gens voient l'homme déguisé en calife rejoindre une dame à cheveux blancs, qui l'attend dans l'entrée. Toute voûtée, elle ne porte aucun déguisement et semble très âgée.

Alice ne quitte pas le couple des yeux tandis que l'homme se penche avec sollicitude vers sa compagne pour l'aider à enfiler sa veste. Puis ils se séparent, l'un se dirigeant vers la salle de bal, l'autre s'avançant à pas lents et incertains vers une porte-fenêtre qui ouvre sur le jardin.

— Suis cet homme, Ned, murmure Alice. Moi, je surveille la vieille dame.

Le jeune homme se précipite sur les traces du suspect. Celui-ci se faufile avec aisance parmi les danseurs en direction des cuisines, passe la porte battante qui y donne accès et disparaît.

Ned est sur le point d'atteindre à son tour la porte quand il sent une poigne énergique le saisir par le bras et, se retournant, il se trouve face à face avec l'un des maîtres d'hôtel de la maison Lightner.

— Pardon, jeune homme, vous n'avez pas le droit de...

Sans prendre le temps de fournir la moindre explication, l'interpellé se dégage d'une vive secousse, franchit la porte et débouche dans un vaste office. Au même instant, il aperçoit le fugitif s'éclipser par une autre issue, qui mène sans doute à la cave.

Le compagnon d'Alice prend le même chemin. Il ouvre la porte par laquelle l'homme a disparu et s'engage dans l'escalier du sous-sol. Il appuie sur l'interrupteur, mais aucune ampoule ne s'allume. Frottant une allumette et saisissant la rampe, le jeune homme descend les marches avec précaution.

Cependant, il a beau scruter la pénombre, il ne discerne personne.

Alors qu'il atteint le bas de l'escalier, son allumette s'éteint. Tandis qu'il en cherche une autre, quelque chose le heurte violemment à la tempe et il s'effondre.

Ned reste quelques secondes étendu de tout son long sur le sol, étourdi par le choc, les oreilles bourdonnantes. Malgré la douleur qui s'insinue dans son crâne, il comprend en un instant qu'il est tombé dans un guet-apens !

Péniblement, le jeune homme se met sur ses genoux. À l'autre extrémité de la cave, la lueur d'une lampe de poche danse sur les murs. Finalement, le faisceau lumineux s'arrête sur le tableau électrique de la maison et Ned distingue vaguement la silhouette d'un homme occupé à l'examiner.

« J'aurais dû m'en douter ! songe-t-il. Ce bandit va couper le courant et plonger toute la maison dans l'obscurité ! Il faut que je l'en empêche ! »

Le jeune homme parvient à se relever et se dirige à pas de loup vers son adversaire. Il n'est plus qu'à deux mètres de lui quand celui-ci tend le bras vers le disjoncteur. Ned bondit, mais une seconde trop tard : il fait déjà noir lorsque les deux hommes roulent sur le sol, dans une lutte acharnée.

Pendant ce temps, Alice, bien loin de se douter de ce qui se passe dans le sous-sol, suit la dame aux cheveux blancs. La détective est maintenant persuadée que la mystérieuse invitée n'est pas aussi âgée que son aspect pourrait le laisser croire. Il suffit pour le comprendre de voir avec quelle agilité elle se déplace depuis qu'elle ne se pense plus observée.

Alice devine également bientôt que la femme connaît parfaitement les lieux. En effet, plutôt que de sortir dans le jardin, celle-ci se glisse dans un salon qui n'a pas été utilisé pour la réception. Le cœur battant, la jeune fille se souvient qu'elle a remarqué dans cette pièce un magnifique paon en argent massif, posé sur une console.

Elle s'approche sans bruit mais, au moment où l'inconnue tend la main vers le précieux objet, une lame de parquet craque sous ses pas, trahissant sa présence. La femme sursaute et se retourne d'un bond.

Alice, dont le cœur bat à tout rompre, s'élance vers la voleuse. Celle-ci, leste comme un chat, esquive le geste. Au même instant, toutes les lumières de la maison s'éteignent !

« C'est la tactique habituelle, songe la détective, désespérée. Ces bandits vont encore réussir leur coup ! »

La rage au cœur, elle s'agite dans tous les sens avec l'espoir de saisir son adversaire, quand une voix d'homme retentit soudain derrière elle, impérieuse et brutale :

— Ne bougez plus !

chapitre 20

Alice marque un point

Alice reconnaît immédiatement la voix qui a donné cet ordre : c'est celle du brigadier Ambrose ! Ne tenant aucun compte de l'interdiction qui lui a été faite, la jeune fille continue de chercher à tâtons la « vieille dame ». Elle sait que celle-ci ne peut pas être bien loin.

Dans l'obscurité, elle bute soudain contre la console qui supporte le paon d'argent. Elle a alors la certitude que la voleuse est là, tout près d'elle ! Elle étend brusquement les bras en avant et, ceinturant son adversaire, la serre de toutes ses forces.

La femme se défend comme une tigresse, griffant et se débattant avec une telle énergie que son assaillante a beaucoup de mal à ne pas lâcher prise. Redoublant d'efforts, la voleuse est sur le point de se dégager lorsque la lumière revient brusquement.

Apercevant le brigadier Ambrose à l'autre extrémité du salon, Alice l'appelle à son secours :

— Vite ! Empêchez cette femme de se sauver ! Elle vient de prendre le paon d'argent !

Le policier bondit vers la voleuse et la maintient d'une poigne solide, tandis que la jeune détective récupère l'objet dérobé que la femme avait dissimulé sous sa veste. Juste après, elle arrache le masque de la femme. Un visage rageur apparaît. C'est celui d'une jeune femme brune, dont les yeux lancent des éclairs.

Alice la considère avec stupeur. Alors qu'elle s'attendait à voir la fameuse Orientale rencontrée chez les Hendrick, elle se retrouve face à face avec l'élégante voyageuse qui a participé à l'enlèvement de Marion !

— C'est fini, ma belle, vous êtes prise ! déclare le brigadier Ambrose, rayonnant. Une complice de moins pour la bande au Masque de Velours ! Et les autres, où sont-ils ?

Sans répondre à la question, la femme jette avec colère :

— Imbécile ! Ce n'est pas aujourd'hui que vous m'aurez : je n'ai rien à voir avec vos histoires, moi ! Vous ne voyez pas que c'est une machination montée contre moi ?

Le policier éclate de rire et passe en un clin d'œil les menottes aux poignets de la femme.

— Allez, je vous emmène, dit-il, coupant court à la conversation.

Pendant ce temps, Alice s'est mise à fureter du côté de la console. Finalement, elle découvre par terre une perruque blanche, celle de la « vieille dame ». Avant même qu'elle ait le temps de la montrer au brigadier Ambrose, Mme Dwight accourt, escortée par M. Lightner.

— Qu'est-ce qui s'est passé ? s'inquiète le directeur du Joyeux-Carnaval, tandis que l'hôtesse semble sur le point de s'évanouir. On vous a entendus d'en bas !

— Eh bien, monsieur, explique le brigadier Ambrose, vous pouvez remercier Mlle Roy : elle a surpris la voleuse que voici !

— Heureusement que vous étiez là, Alice ! soupire M. Lightner. Mais j'aimerais bien savoir comment cette femme a pu entrer ici...

— Est-ce que vous vous rappelez avoir vu entrer une vieille dame aux cheveux blancs ? demande la jeune détective.

— Oui, admet Ambrose. Mais sa carte était en règle et portait la marque spéciale que M. Lightner a fait ajouter au dernier moment par précaution.

La jeune fille tend alors au brigadier la perruque qu'elle a découverte.

— Cette chère vieille dame portait ça, dit-elle simplement.

Là-dessus, Mme Dwight intervient pour les informer qu'en réalité il y avait parmi les invités deux personnes qu'elle ne connaissait pas.

— Ce matin, une de mes amies, Nelly Wilkins, m'a appelée pour me demander si elle pouvait amener à la réception son oncle et sa tante, de passage à River City. J'ai accepté et j'ai fait envoyer deux cartes à l'hôtel Claymore, où ce monsieur et cette dame logent.

— À mon avis, madame, cette voleuse n'est pas plus la tante de Mlle Wilkins que la mienne ! affirme le policier.

La maîtresse de maison va donc chercher Mlle Wilkins. Celle-ci affirme ne pas avoir téléphoné le matin même et assure n'avoir jamais vu la « vieille dame ».

— J'en étais sûr, la coupe Ambrose. Cette voleuse est une fine mouche : elle n'a pas hésité à utiliser le nom de Mlle Wilkins pour obtenir une carte d'entrée en règle.

Tandis qu'il interroge la cambrioleuse, les policiers en civil que M. Lightner a engagés pour la soirée fouillent le parc de la propriété. Bientôt, l'un d'eux vient annoncer au brigadier qu'ils sont bredouilles.

— Cette femme n'a pourtant pas agi toute seule ! intervient Alice. Un homme l'accompagnait. Je l'ai vu, je lui ai parlé ; c'est ce fameux « oncle » !

Soudain, la jeune fille pousse un cri. Ned vient d'apparaître sur le seuil du salon. Pourtant, elle reconnaît à peine son chevalier servant car ses vêtements sont déchirés, son visage tuméfié et ses cheveux en broussaille.

— Ned ! s'écrie-t-elle. Tu t'es battu !

— Je ne te le fais pas dire ! L'homme que tu m'avais chargé de surveiller était mieux entraîné que toute une équipe de rugby ! Je m'en suis bien aperçu !

— Il s'est sauvé ? s'alarme son amie.

— Malheureusement, oui, avoue le jeune homme, consterné. Remarque, j'aurais pu ne pas le lâcher. J'avais le choix entre : tenir l'homme jusqu'au bout ou rétablir le courant. J'ai opté pour la dernière solution, en espérant empêcher ainsi les cambrioleurs de réussir leur coup.

— C'est effectivement ce qui s'est passé, confirme Alice. Si les lampes ne s'étaient pas rallumées à ce moment-là, je suis sûre que cette voleuse m'aurait échappé !

Ned relate alors la bagarre qui a eu lieu au sous-sol. Mais le brigadier Ambrose l'interrompt rapidement.

— C'est bizarre ! s'exclame-t-il. J'avais posté un homme à la cave pour surveiller le tableau électrique. Qu'est-ce qu'il est devenu ?

Inquiet, le policier se hâte de confier la prisonnière à la garde de l'un de ses hommes et se précipite au sous-sol, suivi d'Alice, de Ned, de M. Lightner et de l'hôtesse. Le petit groupe visite toutes les caves sans trouver la moindre trace du garde ni du bandit qui s'en est pris à Ned.

— Je n'y comprends rien..., grommelle le brigadier. Mack n'aurait jamais abandonné son poste !

Comme il ouvre la porte d'une petite pièce servant de cellier, il lâche une exclamation de surprise. Sur le sol, un homme inanimé est étendu. C'est Mack ! L'homme n'a apparemment pas été assommé. Pourtant, son chef le ranime avec difficulté.

Quand il revient enfin à lui, l'homme leur raconte qu'il a été attaqué par-derrière et que ses assaillants l'ont chloroformé avant qu'il ait pu tenter de se défendre. Cette scène s'est déroulée une dizaine de minutes avant l'arrivée de Ned.

— C'est la méthode habituelle du gang au Masque de Velours, explique Alice à Mme Dwight, qui n'en croit pas ses oreilles.

— Mais c'est épouvantable... épouvantable ! se lamente celle-ci.

Lorsque les policiers ont emmené la voleuse, M. Lightner et Mme Dwight félicitent Alice pour sa présence d'esprit et son courage. Ils remercient également Ned pour le rôle important qu'il a joué dans l'affaire. Grâce aux deux jeunes gens, les voleurs ont manqué leur coup.

Alice et son ami passent encore une heure chez Mme Dwight et, cette fois, se mêlent à la foule joyeuse des invités. Puis ils prennent congé de leur hôtesse.

— On a quand même marqué un point contre ces bandits, déclare Ned, tandis qu'il ramène la jeune fille chez elle. Enfin, c'est plutôt toi qui as réussi ton coup. Pour l'instant, je me contente de faire de la figuration !

— Tu plaisantes ! proteste la jeune fille. Je n'y serais jamais arrivée sans toi !

Son visage devient grave et elle poursuit, songeuse :

— Et pourtant, je me demande si on parviendra un jour à démasquer le reste de la bande...

— Qu'est-ce que tu veux dire ? Si tu as pu le faire ce soir, il n'y a pas de raison que tu échoues la prochaine fois.

— Qui sait ? On verra ça samedi. Sinon, la partie sera perdue.

— Pourquoi samedi ?

— C'est la dernière des dates inscrites sur la doublure du masque, lui révèle Alice. Mais ce qui m'ennuie, c'est qu'aucune réception n'est prévue à cette date.

— Alors, tu ignores complètement où les voleurs risquent d'opérer ?

— En effet. J'ai peur qu'ils ne préparent un coup de grande envergure pour ce jour-là. Si seulement je connaissais un moyen de les en empêcher !

— Écoute, Alice, j'ai peut-être une idée...

chapitre 21

Le plan d'Alice

— Tu vois, tu déteins sur moi... Je vais finir par devenir détective, moi aussi ! plaisante Ned.

Puis, reprenant son sérieux, il explique :

— Je m'explique : à ton avis, de qui les bandits ont-ils le plus peur ?

— De la police, bien sûr.

— Faux ! Au cas où tu ne l'aurais pas remarqué, c'est Alice Roy qu'ils ont voulu enlever, pas le commissaire Kelly...

La jeune fille sourit.

— Bon, concède-t-elle. Continue.

— Qui a capturé la voleuse de ce soir ? Encore toi ! Alors, tu peux être sûre que le gang au Masque de Velours va se tenir sur ses gardes et peut-être même renoncer à de nouveaux cambriolages si elle te sait dans les parages. Mais si tu disparais, elle sortira sûrement de sa retraite, et la police pourra la capturer au grand complet... Et comme ça, poursuit le jeune homme d'un ton réjoui, tu seras libre samedi prochain et tu pourras me consacrer tout ton temps !

À ces mots, Alice éclate de rire. Elle lance un doigt faussement accusateur vers son ami.

— Quand je pense que je t'ai écouté jusqu'au bout, le réprimande-t-elle gentiment. Tu as gagné, Ned : j'accepte. Mais...

— Non, mademoiselle, pas d'objections : j'ai des billets pour le bal de fin d'année de l'université. Alors, tu n'as pas le choix !

— Je t'accompagnerai, c'est promis, assure la jeune fille. Mais si je découvre d'ici là un indice intéressant et que je doive suivre une piste, tu viendras avec moi ?

— Qu'est-ce que tu me réserves encore ! s'écrie Ned, feignant un ton de profonde désolation. Bon, allez ! Tu sais bien que tu peux compter sur moi. D'ailleurs, je te rappelle que tu n'as pas le droit de travailler jeudi, c'est le jour des régates. Et vendredi, c'est le 4 juillet : jour de l'Indépendance, fête nationale... Ton père m'a dit que vous avez prévu quelque chose tous les deux ce jour-là.

— Je n'oublierai pas !

Le lendemain matin, la jeune fille téléphone au commissaire Kelly, qui lui apprend que la prisonnière refuse de parler. La détective lui suggère alors de la confronter avec Linda Seeley au cas où cette dernière pourrait l'identifier.

Elle passe prendre son amie et toutes deux se

rendent ensemble à la prison afin de voir la détenue. Quand celle-ci se présente devant elles, la jeune détective scrute attentivement son visage pour tenter d'y déceler un signe prouvant qu'elle connaît Linda. Elle a tout à coup la certitude qu'il en est bien ainsi, mais l'expression qui est passée sur les traits de la femme était si fugace qu'elle préfère se taire.

Sans insister davantage, les deux amies vont retrouver le commissaire Kelly.

— Je suis sûre d'avoir déjà vu cette femme, déclare Linda.

— Où pensez-vous l'avoir déjà rencontrée ?

— Au Joyeux-Carnaval. Si je ne me trompe pas, elle était venue se renseigner pour une réception qu'elle voulait organiser. Elle ne l'a jamais donnée d'ailleurs.

— Elle a parlé avec M. Lightner ? interroge Alice.

— Non, avec M. Tombar. Comme le directeur était absent, c'est lui qui l'a reçue dans son bureau. Il m'a envoyée faire une course juste à ce moment-là.

— Pour que tu ne puisses pas entendre leur conversation, présume la jeune détective.

Le commissaire Kelly, qui a écouté avec beaucoup d'attention le récit de Linda, la remercie pour les précieuses informations qu'elle vient de lui fournir. En effet, les policiers ont interrogé la voleuse pendant des heures, mais celle-ci refuse obstinément

de donner son nom, et ses vêtements ne portent pas la moindre marque de magasin.

Alice reconduit son amie au Joyeux-Carnaval. Là, elle a l'idée de demander l'adresse de M. Tombar et gagne aussitôt son domicile. Comme elle s'y attendait, la maison est vide et une voisine informe la jeune fille que l'occupant a déménagé à l'improviste quelques jours plus tôt.

« Décidément, je n'ai pas de chance, se désole la jeune fille, déçue. Mais je n'ai pas dit mon dernier mot ! »

Au retour, elle s'arrête chez Morris et s'entretient quelques instants avec l'assistant de M. Snecker. Il lui apprend que ce dernier a repris le travail, mais vient de partir pour effectuer une livraison.

— Je ne savais pas que votre service livrait aussi les marchandises, s'étonne Alice.

— On ne le fait pas normalement, explique le garçon. Parfois, quand M. Snecker est gêné par son asthme, il préfère prendre l'air. Alors, il sort avec un des camions du service de livraison.

La jeune détective s'abstient de tout commentaire.

— M. Snecker sera là demain ? reprend-elle.

— Non, mademoiselle. Il a pris un jour de vacances pour la fête nationale : il doit partir en voyage ce soir. Ça va vraiment lui faire un très long week-end, du jeudi soir au dimanche soir !

— Ce qui veut dire qu'il ne sera pas là avant

lundi matin ! réalise la jeune fille, profondément désappointée.

Le samedi matin, lendemain de la fête nationale, Alice constate avec une grande amertume que les magasins Morris sont fermés, tout comme la plupart des autres commerces de River City. Elle décide alors de se rendre chez le commissaire-priseur, comme elle en avait eu l'intention quelques jours plus tôt. Malheureusement, là encore, elle trouve porte close : les bureaux n'ouvriront que le lundi.

« Et si j'allais jeter un œil à l'auberge ? se dit Alice. J'aurai largement le temps de revenir m'habiller pour le pique-nique et le bal de ce soir. Peut-être que ça amusera Bess de m'accompagner... »

La jeune détective songe alors avec remords que cela fait déjà plusieurs jours qu'elle n'a pas pris de nouvelles de son amie Marion.

« Je vais m'y arrêter en allant chez Bess », décide-t-elle.

En fin de compte, elle trouve Bess chez Marion. Toute pimpante dans une jolie robe bleue, elle tente de distraire sa cousine. Mais celle-ci a toujours sa mine tourmentée et son visage amaigri.

— Je suis contente de te voir, Alice ! s'exclame Bess. Marion commençait à s'inquiéter, elle avait peur qu'il te soit arrivé quelque chose.

— À moi ? Quelle idée ! plaisante l'intéressée.

— Je m'attends toujours au pire, avoue Marion.

— Je me demande bien pourquoi : je suis si sage depuis quelques jours que je ne me reconnais plus !

Habilement, Alice fait dévier la conversation sur un autre sujet. Au fond d'elle, pourtant, elle bout d'impatience d'aller à l'auberge et ne peut s'empêcher de regarder sa montre.

— Où est-ce que tu vas ? questionne Bess, qui remarque son geste.

— J'avais pensé que..., commence la jeune fille.

— Je parie que tu es encore en route pour une nouvelle expédition ! l'interrompt Marion, et je suis sûre que les choses vont mal se terminer cette fois !

— Mais non. J'avais juste envie de faire un petit tour à la campagne pour voir un endroit appelé l'Iris-Bleu...

— J'en étais sûre ! Bess m'a parlé de cette maison sinistre ou, plutôt, j'ai réussi à lui arracher quelques détails ! Je sais bien que vous manigancez des choses dans mon dos !

Et, saisissant le bras de son amie, Marion s'écrie d'un ton suppliant :

— Ne va pas là-bas toute seule, s'il te plaît !

— Cette vieille auberge est un peu impressionnante parce qu'elle est abandonnée et que les ronces ont envahi les alentours, c'est tout, explique Alice avec calme.

— C'est vrai, approuve Bess vivement. Et si tu y vas, je t'accompagne.

Marion se tord les mains avec nervosité.

— Pourquoi est-ce que vous ne voulez pas

m'écouter ? Restez ici, insiste-t-elle d'une voix angoissée. C'est beaucoup trop dangereux !

Les deux autres filles s'efforcent tant bien que mal de tranquilliser la malade.

— D'ailleurs, ajoute la détective d'un ton rassurant, ce ne sera qu'une petite promenade. Je dois rentrer tôt pour me préparer. Je vais à un pique-nique avec Ned ce soir et après il y aura un bal organisé par ses amis de l'université.

Un peu plus tard, tandis que les deux amies se dirigent vers l'Iris-Bleu, elles reparlent de l'étrange comportement de Marion.

— Si seulement les médecins pouvaient trouver ce qu'elle a ! se lamente Alice.

— J'ai tellement peur qu'elle ne guérisse jamais, gémit Bess.

— Ne pense pas une chose pareille ! tranche la jeune détective vivement.

Soudain, son attention est attirée par une voiture verte qui roule à quelques dizaines de mètres devant elle. Jugeant plus prudent de ne pas la doubler, la jeune fille ralentit.

Les deux amies ne tardent pas à distinguer l'Iris-Bleu. Et, voyant le véhicule qui les précédait tourner dans l'allée qui mène à l'auberge, Alice se demande si le conducteur ne serait pas par hasard M. Tombar...

— Je vais continuer un peu et je me garerai plus loin, propose-t-elle à son amie. On reviendra jusqu'à la maison à pied, en faisant bien attention à ne pas nous faire repérer.

Quand les jeunes filles dépassent l'Iris-Bleu, elles aperçoivent la voiture verte rangée à côté de l'auberge. Le conducteur en descend au même instant et Alice n'a plus la moindre hésitation sur son identité.

— Peter Tombar ! s'écrie-t-elle. S'il est ici pour la raison à laquelle je pense, c'est peut-être finalement notre jour de chance, Bess !

chapitre 22

Prisonnières !

Alice s'arrête un kilomètre plus loin, à l'angle d'une petite route. Elle gare son cabriolet à l'ombre d'un bouquet de saules, puis se dirige vers l'auberge en compagnie de Bess. Lorsque les jeunes filles parviennent à la bicoque, la voiture verte est toujours dans l'allée. En revanche, aucun signe de son propriétaire...

— Il doit être dans la maison, déduit la jeune détective.

Se dissimulant derrière les grands pins de la propriété, les deux amies font le tour de l'auberge. Puis Alice s'enhardit et s'avance avec précaution jusqu'à une fenêtre. À travers une petite fente entre les planches qui barricadent l'ouverture, elle risque un coup d'œil à l'intérieur.

— Qu'est-ce que tu vois ? chuchote Bess. M. Tombar est là ?

— Il y a quelqu'un en train de se promener dans

les pièces, une lampe électrique à la main. Oui, c'est bien Peter Tombar ! Mais où sont passés les caisses et les colis ?

— Bon, ça suffit, murmure Bess. Allons-nous-en !

Mais Alice fait la sourde oreille. Sous ses yeux médusés, l'ancien sous-directeur du Joyeux-Carnaval soulève une trappe dans le plancher et disparaît sous terre !

À ce moment, Bess empoigne le bras de la jeune fille et la tire violemment en arrière.

— Sauvons-nous ! Il y a un camion qui arrive ! lance-t-elle affolée.

Comme il est trop tard pour que les deux amies puissent s'enfuir sans se faire remarquer elles se plaquent contre le mur dans l'espoir de passer inaperçues. Heureusement, la chance est avec elles, car au lieu de continuer jusqu'à la maison, le grand camion bâché s'arrête à l'entrée de l'allée. Les jeunes filles attendent, le cœur battant. Cependant, à leur grande surprise, le véhicule manœuvre et repart aussitôt.

— C'est un camion de chez Morris ! s'exclame la jeune détective en reconnaissant le sigle du magasin. Ils sont pourtant fermés aujourd'hui !

— Le chauffeur a dû nous voir ! gémit son amie, tremblante.

— Pas forcément. En tout cas, on a tout le temps pour surveiller Tombar maintenant.

— Je suis morte de peur, Alice, partons !

Sans répondre, la jeune fille recommence d'observer ce qui se passe dans la maison. M. Tombar reparaît bientôt. Il tient à la main plusieurs objets que la jeune fille ne parvient pas à identifier tout de suite. Soudain, elle les reconnaît.

— Ce sont des cagoules ! s'écrie-t-elle.

— C'est la preuve qu'il te manquait pour accuser M. Tombar ! affirme Bess, gagnée par l'enthousiasme. Il n'y a plus de doute maintenant : il appartient bien au gang au Masque de Velours !

Dans la surexcitation qui s'est emparée d'elle, la jeune fille s'est approchée de la fenêtre, elle aussi. Soudain, M. Tombar se dirige vers la porte qui ouvre sur le côté de l'auberge, tout près de l'endroit où les deux amies se tiennent. Elles prennent brutalement conscience du danger qui les menace.

— Vite, décampons, souffle Bess. Sinon...

Elle ne peut achever sa phrase. Alice, qui a entendu un léger bruit derrière elle, fait volte-face. Au même instant, une cagoule s'abat sur sa tête ! Les jeunes filles engagent une lutte acharnée avec leurs assaillants, mais renoncent vite, car M. Tombar vient prêter main-forte à ses complices.

— C'est cette petite peste d'Alice Roy et l'une de ses amies, annonce la femme.

— Quoi ? s'emporte M. Tombar. Je me doutais bien qu'elle m'espionnait depuis quelque temps ! On va lui régler son compte ! Mais, pour l'instant, il faut cacher ces deux sales gamines : mon agent immobilier va débarquer d'une minute à l'autre et je n'ai pas envie qu'il s'aperçoive de quoi que ce soit.

Les bandits emmènent les prisonnières dans la maison en toute hâte et les font descendre à la cave. Là, ils leur enlèvent leur cagoule et leur mettent un bandeau sur les yeux. Puis ils les bâillonnent et leur lient les chevilles et les poignets.

— Eh bien, mes mignonnes, ricane ensuite M. Tombar, l'air satisfait. Voilà ce qui arrive aux gens trop curieux !

Sur ces mots railleurs, il abandonne ses captives.

Les jeunes filles ne peuvent plus ni bouger ni parler, mais elles suivent néanmoins parfaitement ce qui se passe dans la maison, au-dessus de leur tête. M. Harris, l'agent immobilier, ne tarde pas à se présenter et M. Tombar l'accueille avec une grande amabilité.

— Je suis très heureux que vous ayez accepté de venir, commence-t-il courtoisement. J'ai réfléchi à cette offre que vous a faite votre client au sujet de ma maison.

— Vous êtes finalement décidé à vendre ?

— Oui. Si le prix me convient, bien sûr, et à condition qu'on puisse régler l'affaire au plus vite. Je tiens aussi à être payé comptant.

— Ça ne devrait pas poser de problème, affirme M. Harris. Laissez-moi seulement deux heures pour tout préparer.

— C'est d'accord, conclut M. Tombar. Je vous rejoindrai à votre bureau dans l'après-midi.

Étendue sur le sol poussiéreux et humide de la cave, Alice songe avec désespoir à la situation dramatique dans laquelle Bess et elle se trouvent. Et

voici que M. Tombar veut vendre l'Iris-Bleu ! De toute évidence, il a l'intention de s'enfuir avec ses complices avant que la police ne le démasque.

« Et puis, qui aura l'idée de nous chercher ici ? » s'alarme la jeune fille tandis que la voiture de M. Harris s'éloigne.

Marion est la seule à savoir où les deux filles se sont rendues. En temps normal, elle se serait vite inquiétée en ne voyant pas ses amies revenir. Mais la jeune fille semble avoir perdu toute énergie ces derniers temps. Sera-t-elle capable de donner l'alerte ?

Vingt minutes s'écoulent encore, puis les jeunes filles entendent des pas descendre les marches de la cave. Quelqu'un leur ôte les liens qui leur serrent les chevilles et les poignets, et les remet brutalement sur leurs pieds.

— En route, mes jolies, grogne une voix rude. On vous emmène.

Alice et Bess sentent le cœur leur manquer. Leur unique chance de salut va-t-elle s'évanouir ?

Tandis qu'elle remonte l'escalier, poussée par l'un des bandits, Alice se demande comment laisser une trace de son passage. Soudain, elle pense aux boutons de sa robe.

« Je vais en arracher un », se dit-elle.

Aussitôt, elle feint de trébucher et, délibérément, se cogne contre le mur avec violence, ce qui lui permet de porter discrètement la main à son corsage. Elle agrippe l'un des boutons et tire de toutes ses forces. L'étoffe cède et la jeune fille entend un bouton tomber sur les marches !

« C'est notre seul espoir », pense-t-elle, tandis que son gardien, surpris par sa manœuvre, la réprimande sans le moindre ménagement.

— Dépêchez-vous un peu ! s'énerve-t-il. Ce n'est pas le moment de traîner.

Puis, comme les prisonnières atteignent le haut de l'escalier, il lance à l'adresse de M. Tombar :

— On est là, Peter !

Le bandit lie de nouveau les chevilles et les poignets des jeunes filles avant de les transporter dans un véhicule qui attend devant la maison. Il dépose les deux captives sur le plancher à l'arrière. Aussitôt, le chauffeur démarre et s'engage sur la route à vive allure. Alice et Bess se demandent si elles sont dans ce camion des magasins Morris qu'elles ont vu s'approcher de l'auberge tout à l'heure.

Deux personnes sont installées à l'avant du véhicule. En les entendant parler, Alice est convaincue qu'elles s'efforcent de déguiser leur voix.

« C'est étrange, constate-t-elle. On dirait qu'ils ont peur que je les reconnaisse. Il faut que je les prenne au dépourvu pour qu'ils oublient de modifier leur voix. »

Alice se met aussitôt à cogner des pieds contre le plancher de la voiture.

— Qu'est-ce qui se passe encore ? gronde le conducteur.

— C'est cette maudite gamine qui essaie de se faire remarquer, répond la femme.

C'est la voix de Florence Snecker ! Le conducteur est-il son mari ?

— Vous allez rester tranquilles, toutes les deux, oui ? prévient la femme. Sinon, vous le regretterez ! On n'a pas l'intention de supporter vos bêtises !

Alice ne prête pas attention à cette semonce : son stratagème a réussi ! En revanche, elle voit mal quelle bêtise elle pourrait bien commettre. Le corps meurtri par les cahots de la voiture, les membres engourdis par la position inconfortable dans laquelle elle se trouve, elle sent sa résistance faiblir.

Et Bess ? Pourquoi est-ce qu'elle ne bouge pas ? Est-ce qu'elle dort ? Est-elle évanouie ? La jeune détective tente de se rapprocher de son amie, mais celle-ci a été jetée à l'autre extrémité du camion. Il est impossible de l'atteindre : l'effort est trop pénible.

Enfin, le véhicule ralentit : il doit entrer dans une ville. Après plusieurs virages, le conducteur s'arrête et coupe le contact. Alice ne perçoit plus le bruit des voitures et en déduit qu'ils sont arrivés dans une impasse ou une petite rue retirée. Elle tend l'oreille pour saisir la conversation de la femme et de son compagnon, mais ne peut distinguer que ces paroles :

— Je suis contente qu'il aille directement chez M. Harris au lieu de l'attendre à l'auberge, dit Florence Snecker. Et je pense qu'il a bien raison de prendre le large en même temps que nous : ça commence à sentir le roussi dans le coin !

La jeune détective comprend immédiatement que

la personne dont Mme Snecker parle n'est autre que M. Tombar. Ainsi, ce dernier compte mettre les voiles dès qu'il aura touché l'argent de la vente de l'Iris-Bleu !

— Quand même, je ne suis pas tranquille, reprend Mme Snecker.

— Tais-toi, grommelle l'homme. Ce soir tu n'auras plus de souci à te faire : tu seras riche ! Allez, il est temps qu'on transporte les filles à l'intérieur. Tu m'aides ?

Quelques minutes plus tard, les deux amies se retrouvent étendues sur le sol, dans un lieu inconnu.

— Au revoir, jolie blonde ! ricane Mme Snecker, en se penchant vers Alice. Tu peux toujours essayer d'appeler la police et de lui raconter ce que tu sais !

— Il va falloir être patiente, ajoute l'homme. On reviendra vous chercher tout à l'heure, et on vous emmènera dans un endroit où vous ne risquerez plus de parler !

Sur ces mots, les bandits font glisser une lourde porte sur son rail et donnent deux tours de clef. Le local où les prisonnières sont abandonnées est brusquement plongé dans l'obscurité et le silence.

Alice commence aussitôt à se contorsionner dans tous les sens, sans parvenir toutefois à desserrer ses liens. Depuis qu'elle a débuté sa carrière de détective amateur, elle n'a jamais connu de situation aussi critique !

Cependant, elle a obtenu la preuve formelle que Peter Tombar et les Snecker appartiennent au gang au Masque de Velours. De plus, elle est également convaincue que les malfaiteurs complotent un nouveau cambriolage. Ce sera leur dernier coup, puis ils prendront la fuite. Mais à quoi ces renseignements peuvent-ils lui servir puisqu'elle n'a aucun moyen de se libérer pour alerter la police ?

« Quelle idiote de m'être laissé capturer ! » songe Alice, désespérée.

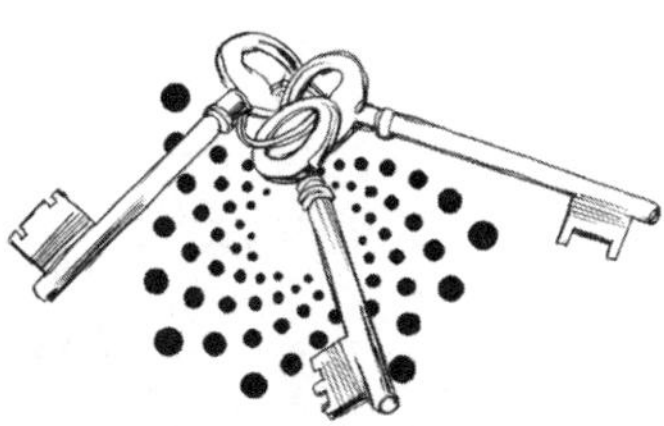

chapitre 23

Le secret de Marion

Pendant ce temps, à River City, les proches des deux jeunes filles commencent à s'inquiéter de leur absence prolongée. Sarah donne l'alerte la première, persuadée qu'il se passe quelque chose d'anormal puisque Alice n'est pas revenue s'habiller pour son dîner avec Ned. Affolée, elle téléphone à plusieurs reprises chez les Taylor, mais obtient à chaque fois la même réponse : les parents de Bess n'ont aucune nouvelle de leur fille.

À dix-neuf heures, lorsque Ned se présente, la gouvernante des Roy lui apprend que sa protégée n'est pas rentrée. Elle ajoute en pleurant que personne n'a revu Alice et Bess depuis qu'elles sont parties de chez Marion. Elles ont seulement indiqué à cette dernière qu'elles comptaient se rendre du côté d'une auberge appelée « l'Iris-Bleu ».

— Mais personne ne sait où se trouve cette maison, se lamente Sarah entre deux sanglots. Elle n'est même pas dans l'annuaire ! Oh, Ned, j'espère que vous avez une idée !

— Je vous promets de dénicher l'adresse de cette auberge et d'y aller sans attendre, déclare le jeune homme d'un ton résolu. Je vais aller voir Marion ; elle pourra peut-être me fournir une indication.

Ned court à sa voiture et démarre en trombe. Quelques minutes plus tard, il sonne à la porte des Webb. Marion est debout et achève de s'habiller, avec l'aide de sa mère. Sa nervosité est extrême et la pâleur de son visage semble s'être encore accentuée depuis que la jeune fille a été mise au courant de la disparition d'Alice et de Bess.

— Je savais que ça arriverait, gémit-elle. Et pourtant, j'avais bien recommandé à Alice de ne pas aller là-bas. Elle n'a pas voulu m'écouter et maintenant, les bandits vont mettre leur menace à exécution !

— Leur menace ! s'exclame le jeune homme. Quelle menace, Marion ?

— Je n'ose pas en parler.

— Mais il le faut pourtant ! C'est le seul moyen d'aider Alice et Bess ! Elles sont peut-être en grand danger !

— Si je parle, ça retombera sur nous tous, lâche Marion d'un ton obstiné.

Ned laisse échapper un sifflement de surprise.

— C'est si grave que ça ? s'alarme-t-il.

Puis sa voix se fait sévère :

— Écoute-moi bien, Marion, c'est sûrement une

question de vie ou de mort pour Alice et Bess. Tu dois nous dire ce que tu sais !

— Ned a raison, approuve Mme Webb. Le sort de Bess et d'Alice dépend peut-être de toi !

Marion reste clouée sur place, comme assommée par les paroles qu'elle vient d'entendre. De manière incroyable, une transformation semble s'opérer en elle et, en quelques instants, ses yeux retrouvent leur éclat et le sang afflue à ses joues.

— C'est vrai, reconnaît-elle d'une voix ferme. Il n'y a que moi qui puisse vous aider à retrouver Alice et Bess. Je ne comprends pas ce qui m'a retenue de me confier jusqu'à présent.

— Alors ? s'écrie Mme Webb.

— Eh bien, commence la jeune fille, quand j'ai été enlevée par ces bandits, la femme m'a glissé quelque chose à l'oreille et ses mots se sont inscrits en lettres de feu dans mon esprit. Elle m'a avertie que, si je n'arrivais pas à convaincre Alice d'abandonner son enquête, les conséquences seraient terribles, non seulement pour elle, mais aussi pour son entourage : Sarah, M. Roy, ma famille et celle de Bess.

— Tu aurais dû prévenir la police, Marion ! crie Mme Webb, bouleversée.

— Je n'ai pas osé.

— Est-ce que les bandits t'ont dit autre chose ? questionne Ned.

— Après ça, la femme a ajouté : « On va mettre ton amie Alice au frais avec les fleurs ! » Et depuis, je n'arrête pas de me demander ce que ça signifie.

— Au frais avec les fleurs ? répète Mme Webb, intriguée.

— C'est peut-être une serre ou une cave ? suggère Ned.

— Possible, convient Marion. Vous croyez qu'il y a quelque chose de ce genre à l'Iris-Bleu ? Attendez, j'ai une idée : l'autre jour, Alice m'a parlé d'un agent immobilier qui avait l'intention de racheter cette auberge. Il va pouvoir nous renseigner !

Sans perdre un instant, Marion court au téléphone et appelle l'agence de M. Harris. Lorsqu'elle rejoint sa mère et Ned, qui l'attendent dans le salon, son visage semble soucieux, mais résolu.

— J'ai appris beaucoup de choses, annonce-t-elle. M. Harris m'a expliqué qu'autrefois, il y avait des serres dans la propriété qui entoure l'auberge ; elles servaient pour la culture de l'iris bleu. Il y a aussi une cave où l'on range les plants et les graines.

— Je parie qu'Alice et Bess sont enfermées dans cette cave ! s'exclame Ned. M. Harris t'a dit où se situe la maison ?

— Oui, continue Marion. Et ce n'est pas tout : il m'a aussi raconté que la vente de l'auberge devait se conclure aujourd'hui même entre l'un de ses clients et M. Tombar, le propriétaire.

— Tombar ! C'est justement lui qu'Alice a toujours soupçonné ! s'écrie Ned.

— M. Harris aurait dû lui remettre l'argent cet après-midi, mais son client n'a pas réussi à réunir la somme nécessaire en si peu de temps. Alors l'agent immobilier a demandé à M. Tombar de repasser à son bureau lundi matin.

— Il est peut-être revenu à l'Iris-Bleu dans ce cas ! Il faut qu'on y aille aussi et qu'on voie si Alice et Bess sont là-bas ! décrète Ned.

— J'y vais aussi, déclare Marion avec fermeté.

Ned, M. Taylor, Marion et son père se préparent aussitôt à partir. Comme ils s'apprêtent à quitter la maison des Webb, Sarah téléphone pour annoncer qu'elle a enfin réussi à joindre M. Roy.

— Il a tout de suite prévenu la police et il s'est mis en route pour l'Iris-Bleu, explique-elle. Dépêchez-vous !

Lorsque Ned et ses compagnons parviennent à l'auberge quelque temps plus tard, ils trouvent les policiers en train d'enquêter. Ils ont déjà repéré la voiture d'Alice, abandonnée à un kilomètre de la maison, ainsi que des traces de pneus de camion et de voiture dans l'allée, mais les deux jeunes filles restent introuvables.

— Il faut continuer à chercher, s'entête Marion, empruntant une lampe électrique à l'un des policiers.

Elle se lance dans une inspection minutieuse de l'auberge, examinant pièce après pièce. Mais ce n'est qu'en inspectant la cave, où des traces d'allées et venues suspectes, peut-être même d'une bagarre, sont visibles sur le sol de terre battue, qu'elle découvre enfin un indice important.

— Regardez ! s'écrie-t-elle d'une voix triomphante.

Et, ramassant le petit objet que son amie a laissé tomber, elle affirme :

— C'est un bouton de la robe d'Alice !

— On tient une piste, les encourage l'un des policiers. Il ne fait maintenant aucun doute que vos deux amies ont été enlevées et que leurs ravisseurs ont utilisé la voiture ou le camion dont on a relevé les traces devant la maison pour les emmener. On va essayer de les suivre.

L'examen des empreintes laissées par les pneus des deux véhicules sur le sable de l'allée révèle qu'ils sont venus par la route de River City et repartis dans la même direction.

— Le problème, dit l'un des policiers, c'est que ces traces ne nous mèneront pas bien loin. Dès qu'on arrivera en ville, elles seront effacées par celles des autres véhicules.

M. Roy hoche la tête tristement.

— Vous avez raison, admet-il. À mon avis, le mieux serait de lancer le signalement de la voiture de M. Tombar par radio. Ma fille m'a dit que c'était un cabriolet vert. Ça nous permettra peut-être de l'intercepter quelque part ?

— On va faire le nécessaire, promet le policier. Malheureusement, on ne sait rien sur le camion des ravisseurs. Et puis, les bandits ont déjà une avance importante sur nous.

— Raison de plus pour faire barrer toutes les routes qui sortent de la ville, insiste James Roy. On n'a que trop tardé !

Sur ces mots, l'avocat se dirige vers sa voiture.

Mais, s'apercevant que Ned est resté en arrière, il l'appelle :

— Dépêchez-vous, il n'y a pas une minute à perdre !

Le jeune homme secoue la tête.

— Je reste ici, déclare-t-il.

— Mais pourquoi ? demande James Roy, surpris.

— J'ai décidé de surveiller cette maison. Rappelez-vous, aujourd'hui est la dernière date inscrite dans le masque. Les bandits ont sûrement prévu un gros coup et il n'est pas impossible qu'ils reviennent après ici.

— Enfin, Ned, vous ne pouvez pas monter la garde ici tout seul, s'indigne l'avocat. On va demander à l'un des policiers...

— Ne vous inquiétez pas pour moi, le coupe le jeune homme. Il n'y a aucun risque. Et puis, je préfère ne pas bloquer ici un policier alors que vous pourriez en avoir besoin ailleurs. Je me trompe peut-être complètement, vous savez.

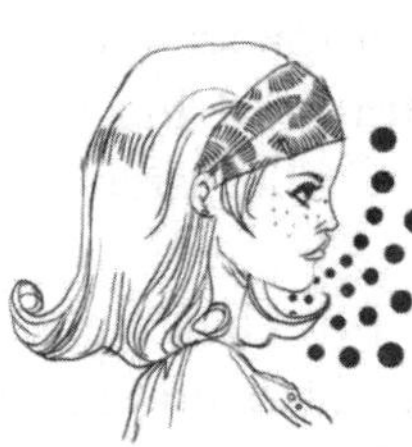

chapitre 24
Au feu !

Abandonnées par leurs ravisseurs, Alice et Bess vivent des instants dramatiques. Leur bâillon ne leur permet de respirer qu'à grand-peine et elles sentent les liens, qui les paralysent, pénétrer dans leur chair.

« Ces bandits ont décidément bien pris leurs précautions pour qu'on ne puisse pas leur échapper, songe la jeune détective avec dépit. Si seulement je pouvais trouver un instrument ou un outil quelconque pour me libérer ! »

Se traînant sur le sol, Alice accroche soudain un objet métallique, qu'elle tâte vaguement. C'est une mince bande d'acier qui encercle une caisse. Aussitôt, la jeune fille reprend espoir. Couchée sur le côté, elle lève les pieds et, par un mouvement de va-et-vient, se met à user les liens de ses chevilles sur l'arête métallique coupante. Aucun effort ne lui a jamais semblé aussi pénible. À plusieurs reprises, la fatigue l'oblige à abandonner sa tâche. Enfin,

pourtant, elle réussit : la corde élimée cède brusquement, libérant les chevilles de la jeune fille !

Celle-ci se relève et, à tâtons, recule vers la caisse pour amener ses poignets au contact du métal. Puis elle se met au travail. Cinq minutes plus tard, ses mains sont libres. Elle arrache son bandeau et son bâillon.

— Ouf ! lâche la jeune fille, haletante.

Elle s'efforce de scruter la pénombre qui l'entoure. Sa prison n'a pas de fenêtres : à la vague lueur d'un rayon de lumière filtrant au ras du sol, Alice croit distinguer des piles de caisses. Où peut-elle bien se trouver et où est Bess ? La jeune fille n'ose pas cependant appeler son amie, de peur que les ravisseurs ne l'entendent. Comme elle avance, butant contre les obstacles, sa tête heurte une ampoule électrique qui se balance au bout d'un fil. La captive lève le bras et tourne le commutateur placé sur la douille. La lumière jaillit !

La jeune fille s'aperçoit alors que l'endroit où les bandits ont laissé leurs prisonnières est une sorte d'entrepôt.

« Ne serait-on pas dans les sous-sols des magasins Morris par hasard ? » se demande Alice.

Elle parcourt les allées qui séparent les tas de caisses et de colis et ne tarde pas à découvrir Bess. En un clin d'œil, elle la délivre et l'aide à se relever.

— Où est-ce qu'on est ? questionne Bess d'une voix tremblante.

— Je crois qu'on est dans un entrepôt des magasins Morris.

— Vite, sauvons-nous !

Bess s'acharne sur la lourde porte métallique qui barre l'entrée du local, en vain : elle est fermée à clef !

— Je m'en doutais, marmonne son amie. Et...

Elle n'achève pas sa phrase et, bondissant vers la lampe, elle l'éteint. Un bruit de voix s'élève au-dehors. Alice revient près de son amie à pas de loup et colle son oreille à la porte afin d'écouter ce qui se dit.

Un homme est en train de se vanter de la facilité avec laquelle il a capturé les deux jeunes filles. Enfin, il annonce à son interlocuteur que tout est prêt pour la seconde étape de leur voyage.

— On part dans une demi-heure, conclut-il. À présent, personne ne nous empêchera de prendre ce qui nous plaît chez Morris. Dès qu'on aura ramassé les bijoux, les fourrures et l'argenterie, on filera, sans oublier d'emmener les deux gamines, bien sûr. Allez, on y va !

Alice sent les battements de son cœur s'emballer. Ainsi, le gang au Masque de Velours s'apprête à cambrioler les magasins Morris ! Il faut à tout prix l'en empêcher, mais comment ? Cependant, les voleurs s'éloignent. Par prudence, les deux prisonnières attendent quelques instants, puis elles rallument la lampe.

— Qu'est-ce qu'on va faire ? s'inquiète Bess.

— Examine les murs et essaie de voir s'il n'y a

pas une trappe ou une ouverture qui sert à faire passer les paquets. Pendant ce temps-là, je vais inspecter le contenu des caisses.

Et elle ajoute, désignant l'un des colis :

— Ce grand carton ressemble beaucoup à l'un de ceux qui étaient à l'auberge de l'Iris-Bleu...

La jeune détective soulève le couvercle du carton. Le premier objet qu'elle aperçoit est l'une des miniatures d'argent ciselé volées le soir du bal masqué ! Sous une couche de papier de soie, elle découvre d'autres bibelots de grande valeur qui proviennent également des collections des Hendrick.

— Bess, le butin des voleurs ! clame Alice.

— Splendide ! Malheureusement, ce n'est pas ça qui va nous aider à sortir d'ici.

Bess a achevé de sonder les murs sans y déceler la moindre ouverture. De son côté, Alice ouvre encore deux autres colis : ils sont eux aussi remplis d'objets volés.

— C'est à n'y rien comprendre ! peste son amie, tous ces emballages portent la marque des magasins Morris !

— C'est le meilleur moyen de tromper la police, explique Alice. Les bandits ont certainement transporté ces caisses à l'Iris-Bleu pour y mettre leur butin. Ensuite, Snecker les a rapportées ici et les a étiquetées comme marchandise à renvoyer à l'expéditeur parce qu'elles avaient été endommagées pendant le transport.

— Alors, le destinataire appartient aussi à la bande ?

— Probablement. Regarde, il n'y a qu'une adresse sur les caisses, c'est celle d'un brocanteur.

— Tous les colis qui sont ici attendent donc d'être expédiés par les voleurs ? s'étonne Bess.

— Non, il y en a beaucoup trop. La plupart d'entre eux contiennent bien des marchandises destinées au magasin. Tiens, jette un œil sur l'étiquette de celui-ci : *pelotes de laine.*

— Et celui-là : *porcelaine*, ajoute Bess.

Se penchant sur une troisième caisse, elle annonce :

— Celle-ci est pleine de jouets.

Cependant, Alice veut en avoir le cœur net et déchire l'emballage.

— C'est exact, confirme-t-elle. Des jeux, un train électrique, une boîte contenant un équipement de petit chimiste.

Comme elle soulève le couvercle de ce dernier coffret, elle s'exclame tout à coup :

— Bess, j'ai une idée ! On a peut-être le moyen de sortir d'ici !

— Comment ça ? Explique-moi !

— Regarde, qu'est-ce qui est écrit sur ce paquet ?

— *Fumée,* lit Bess docilement. Mais je ne...

— Ce qui veut dire, enchaîne son amie, qu'on va pouvoir faire croire aux bandits qu'un incendie s'est déclaré ici !

— Mais on risque de mettre le feu pour de bon !

— Aucun danger : il n'y aura que de la fumée.

Essaie d'écouter ce qui se passe dehors. Moi, je vais tout préparer.

Bess va coller son oreille contre la porte métallique. Elle discerne un bourdonnement de voix. Quelques instants plus tard, elle distingue ces mots :

— Il n'y en a plus pour longtemps. Je reviens dans vingt minutes.

Peu après, des pas résonnent dans la remise contiguë à celle dans laquelle se trouvent les deux amies. Bess se dépêche de prévenir Alice.

— C'est bon, je suis prête, affirme cette dernière. Voyons ce que donnent mes talents de « petit chimiste » ! Va vite chercher les cordes, les bâillons et les bandeaux dont on s'est débarrassées tout à l'heure. On risque d'en avoir besoin. Et puis, tu éteindras la lumière.

Bess obéit sans rechigner. Alors son amie s'accroupit sur le sol, près de l'entrée, et se met à souffler sur le mélange qu'elle vient de composer avec le contenu du coffret. L'épaisse fumée qui, déjà, s'en échappe commence à filtrer sous la porte de l'entrepôt.

Patiemment, la jeune fille continue son manège. Elle ne tarde pas à être récompensée de ses efforts, car une exclamation de surprise retentit soudain au-dehors.

— Ils ont vu la fumée, jette-t-elle à voix basse. Attention, Bess, recule-toi !

Les deux jeunes filles ont à peine le temps de s'effacer contre le mur qu'une clef tourne dans la serrure et que la porte métallique s'ouvre, glissant sur son rail. Un homme paraît, l'air ahuri, humant la fumée. Comme il se précipite à l'intérieur de la remise, Alice, allongeant le pied, le fait trébucher. Le bandit s'étale de tout son long !

chapitre 25

Le masque tombe

En un clin d'œil, Alice et Bess se jettent sur l'homme et lui immobilisent les bras et les jambes. Il a beau se débattre, elles le maintiennent fermement cloué au sol.

— Bess, aide-moi à le ligoter ! ordonne la jeune détective.

Elles lient les poignets et les chevilles du bandit, puis le bâillonnent en un tournemain. Alors, Alice allume la lumière pour examiner le prisonnier.

— Je suis sûre que c'est lui qui a enlevé Marion ! s'exclame-t-elle.

Et elle demande :

— Vous êtes M. Snecker ?

L'homme lance à la jeune fille un regard furieux. Voulant savoir à quoi s'en tenir, celle-ci glisse la main dans la poche du captif ; elle en retire un porte-cartes. À l'intérieur, se trouve un permis de conduire au nom de Robert Snecker.

« Je le savais ! jubile-t-elle intérieurement. Mais où sont les clefs du magasin ? Il doit les avoir sur lui !

La jeune détective s'empresse de vérifier. Elle recommence à fouiller l'homme et finit par trouver ce qu'elle cherche dans la poche intérieure de sa veste. Étant donné les circonstances, elle n'hésite pas un instant à utiliser le trousseau pour pénétrer dans le magasin.

Les deux jeunes filles referment la porte de l'entrepôt, puis traversent rapidement la cour qui le sépare des magasins de vente. Alice s'arrête devant la première entrée qu'elle rencontre et essaie d'ouvrir à l'aide des différentes clefs. Enfin, l'une d'elles tourne dans la serrure. Sans bruit, la détective entrebâille la porte et se faufile par l'ouverture, talonnée par Bess.

Les deux amies gravissent quelques marches et poussent la porte battante qui donne accès au rez-de-chaussée du magasin. Elles avancent à pas de loup dans la pénombre. Seules quelques rares lampes en veilleuse apportent un peu de clarté. Bientôt, les jeunes filles atteignent le rayon de la bijouterie. Deux femmes et un homme masqués sont en train de s'emparer du contenu des vitrines !

— C'est terrible, chuchote Bess. Qu'est-ce qu'on va faire ? On ne peut pas arrêter ces bandits toutes seules !

— Qui sait ? lâche Alice. Il faut alerter la police le plus vite possible.

Les deux amies s'éloignent sans bruit à la

recherche d'une cabine téléphonique. Elles en trouvent une au fond du magasin et la jeune détective appelle le commissariat. Elle a à peine prononcé son nom que M. Kelly lui coupe la parole.

— Où êtes-vous, mademoiselle ? Toute la police de la région est à votre recherche ! s'écrie-t-il.

— Je suis chez Morris. Le gang au Masque de Velours est en train de cambrioler le magasin. Venez vite. Je vous attends dans la petite rue, à l'entrée qui est réservée au personnel.

— On arrive tout de suite !

Alice et Bess reviennent alors sur leurs pas. Au rayon de l'argenterie, les voleurs poursuivent leur tâche. Les minutes passent, interminables.

Enfin, la sirène d'une voiture retentit au-dehors. Des pneus crissent sur le pavé. Les bandits sursautent.

— La police ! s'écrie l'une des femmes d'une voix stridente. Filons !

Affolés, les malfaiteurs se ruent vers l'issue réservée au personnel. Mais les deux filles, qui les ont devancés, leur barrent le passage. Voyant la sortie coupée, l'homme fait demi-tour et s'élance dans la direction opposée, tandis que ses complices commettent l'erreur de se jeter sur les jeunes filles pour les écarter de leur chemin. Une bagarre acharnée s'engage. Elle n'est interrompue que quelques minutes plus tard, grâce à l'irruption du brigadier Ambrose et de plusieurs de ses policiers. En un clin d'œil, les voleuses se retrouvent les menottes aux poignets.

— L'homme qui était avec elles s'est enfui ! annonce la jeune détective, haletante. L'autre complice, Robert Snecker, est dans l'entrepôt.

Tandis que les policiers se hâtent sur les traces du fuyard, M. Ambrose arrache la cagoule des prisonnières.

— Florence Snecker ! affirme alors Alice, reconnaissant l'une des femmes.

Quant à l'autre, c'est la mystérieuse femme que la jeune fille a déjà rencontrée déguisée en Orientale chez les Hendrick, puis qu'elle a surprise en train de subtiliser les bijoux de Mme Elkin !

De leur côté, les policiers continuent leurs recherches ; malheureusement, ils ne découvrent que le pauvre gardien de nuit, ligoté et bâillonné dans une cabine d'ascenseur. Snecker, lui, ne tarde pas à venir rejoindre ses complices et le brigadier Ambrose rassemble le trio dans le bureau de M. Morris. Celui-ci, prévenu par téléphone, arrive peu après.

Bien qu'il soit impossible de faire une estimation rapide de l'importance du vol et que le fugitif ait emporté un certain nombre de bijoux, M. Morris déclare que l'intervention des deux jeunes filles a épargné au magasin une perte colossale.

Le brigadier, secondé par Alice, procède alors à l'interrogatoire en règle des trois bandits. Ceux-ci refusent d'abord de parler, mais, devant les preuves accablantes que la jeune détective fournit au policier, ils se décident à passer aux aveux.

La première, Mme Snecker explique en pleurnichant le rôle qu'elle a joué dans l'affaire. Elle prétend avoir seulement écrit quelques lettres à un brocanteur.

— Je n'avais jamais participé à un cambriolage avant aujourd'hui, ajoute-t-elle.

— Si on doit aller en prison, les autres iront aussi, clame alors Snecker avec hargne. Il y a deux hommes qui sont bien plus coupables que nous !

— Racontez-nous votre histoire, ordonne le brigadier Ambrose. Et d'abord, dites-nous qui est cette femme qu'on a arrêtée l'autre jour ?

— C'est Mme Ridley, la sœur de ma femme, répond l'homme. Ça ne fait pas longtemps qu'elle appartient à la bande.

Le policier se tourne vers la seconde prisonnière.

— Et vous, comment est-ce que vous vous appelez ? demande-t-il.

— C'est Gertrude Schiff, une actrice, déclare Snecker, voyant que sa complice s'obstine à garder le silence. Si elle n'avait pas eu autant besoin d'argent elle aussi, elle ne se serait sûrement jamais mêlée de tout ça. Et finalement, son métier lui a servi à quelque chose : elle a été très douée dans le rôle de la secrétaire de M. Roy au téléphone, pas vrai ? ricane-t-il.

Le bandit poursuit sa confession en rejetant la responsabilité des cambriolages sur Peter Tombar. Celui-ci a pour fidèle associé le frère de Mme Snecker, l'homme qui vient de prendre la fuite.

— Son nom ? intime Ambrose.

— Jerry Goff. C'est un homme très cultivé et il

parle parfois avec l'accent britannique pour impressionner les gens.

— Ou bien pour déguiser sa voix, suggère la jeune détective, songeant à l'aventure qui lui est arrivée chez Mme Elkin.

Elle questionne à son tour l'homme :

— C'est lui qui portait une grande cape noire au bal masqué des Hendrick, pas vrai ?

— Oui. M. Tombar la lui avait prêtée. Mais comme elle était déchirée et que vous l'aviez reconnue au milieu des costumes du Joyeux-Carnaval, il l'a fait disparaître en vitesse.

— Jerry Goff a aussi participé à l'enlèvement de mon amie Marion, n'est-ce pas ?

— Oui, il était assis en face de vous pendant le voyage.

— Et vous étiez aussi de la partie, je vous reconnais maintenant !

— C'est vrai, convient Snecker. J'étais à côté de Mme Schiff. Mais on n'a pas eu de chance : on s'est trompés de personne !

— Vous avez d'ailleurs commis une autre erreur ce jour-là : vous avez perdu votre carte de crédit du magasin !

— Elle est tombée de ma poche quand je me suis penché par la portière. Sur le coup, je ne m'en suis pas aperçu. Malheureusement, vous l'avez retrouvée.

— Et ensuite, vous avez empêché le personnel de M. Morris de remettre les cartes à la direction comme elle l'avait demandé.

— Bien sûr, repartit Snecker, haussant les épaules. J'ai fait passer un faux contrordre, parce que je savais ce qui m'attendait si tout le monde rendait sa carte au chef, sauf moi.

— Encore autre chose, continue Alice. C'est vous qui m'avez espionnée et qui m'avez menacée par téléphone ?

— Oui, admet le bandit.

Il explique ensuite que Jerry Goff connaît beaucoup de monde à River City et a l'habitude d'assister à de nombreuses réceptions. Il en profite pour faire la connaissance des employés et du personnel de cuisine dans les grandes maisons de la ville. Cela lui permet, lors du cambriolage, de se faufiler jusqu'au sous-sol sans attirer l'attention, afin de fermer le compteur électrique.

— Qui décidait des opérations ? interroge Alice.

— M. Tombar. Et il veillait à tout : il nous donnait la liste des endroits qu'on devait cambrioler, il nous fournissait les masques et les costumes, ainsi que le plan des maisons.

— Sans oublier les cartons d'invitation qui vous permettaient d'entrer chez les hôtes ?

— Évidemment : rien ne lui échappait...

— Vous pouvez me dire comment la miniature de Marie-Antoinette a échoué au rayon bijouterie des magasins Morris ? poursuit la jeune détective.

— J'ai fait une fausse manœuvre... Toutes les miniatures de M. Hendrick étaient cachées à l'Iris-Bleu, mais en les emballant, j'ai mis celle-là dans ma poche, sans m'en rendre compte. Je ne m'en suis aperçu que le lendemain, en arrivant chez Morris ; et comme l'employé qui travaille avec moi à la réception des colis m'avait vu la tenir à la main, j'ai bien été obligé de la mettre à la vente. Après, je n'ai pas osé aller la redemander au comptoir. Et puis, j'étais tellement stressé quand j'ai étiqueté l'objet que je l'ai complètement sous-estimé.

Ensuite, Alice demande à Snecker s'il sait où M. Tombar se trouve.

— Il avait prévu de quitter la ville juste après le cambriolage de ce soir, répond l'homme, mais je crois qu'il ira d'abord à l'Iris-Bleu pour enlever une partie des objets qu'il a laissés là-bas.

L'interrogatoire terminé, les policiers emmènent les trois bandits chez le commissaire. Alice et Bess les accompagnent. Elles sont en pleine conversation avec M. Kelly lorsque James Roy arrive, suivi de M. Taylor, de M. Webb et de Marion. Folle de joie, celle-ci se jette dans les bras de ses amies en s'écriant :

— Ouf ! Vous voici saines et sauves !

L'avocat serre sa fille contre lui avec émotion, tandis que les questions et les réponses s'enchaînent rapidement. Marion a retrouvé sa vivacité, à la grande joie de tous ceux qui l'entourent. Mais quand Alice apprend que Ned est resté à l'Iris-Bleu, elle s'inquiète.

— Je suis pratiquement sûre que Peter Tombar va retourner là-bas, chuchote-t-elle à James Roy. Pourvu que Ned ne se laisse pas surprendre !

— Repartons à l'auberge, décide l'avocat.

Quand le groupe atteint l'auberge, deux enquêteurs l'y attendent. Les alentours de la maison sont déserts et Ned, tout comme M. Tombar, est invisible. Remarquant que la porte de la maison n'est pas fermée à clef, les policiers décident alors de pénétrer à l'intérieur. Soudain, des appels étouffés leur parviennent.

— Venez m'aider ! entendent-ils.

C'est la voix de Ned ! Tout le monde s'élance vers la cuisine, d'où semblent provenir les cris. Et là, les lampes des policiers font surgir de l'obscurité une scène extraordinaire : Peter Tombar est étendu sur le carrelage, où Ned le maintient fermement, pesant sur lui de tout son poids.

— On peut dire que je suis content de vous voir ! clame le jeune homme. Ça fait plus d'une demi-heure que j'ai mis la main sur cet homme et que je me demande ce que je vais en faire !

Dès qu'on l'a débarrassé de son prisonnier, Ned raconte comment, lorsque tous les autres sont partis tout à l'heure, il a décidé de s'introduire à l'intérieur de l'auberge et de s'y cacher. Peu de temps après, M. Tombar est arrivé à l'Iris-Bleu.

— Ce bandit a un joli magot dissimulé au fond du placard, sous l'évier, continue le jeune homme. Il était en train de sortir l'argent de sa cachette quand je lui suis tombé dessus.

L'ancien sous-directeur du Joyeux-Carnaval n'est pas sorti indemne de la bataille qui a suivi. Ses vêtements sont déchirés et ses deux yeux, pochés. Il lance un regard haineux à travers ses paupières tuméfiées et ne cesse d'invectiver Alice, qu'il rend responsable de sa capture. Les policiers l'emmènent enfin, criant et tempêtant de plus belle.

Jerry Goff est arrêté une heure plus tard, alors qu'il s'apprête à prendre un avion pour le Mexique. Quelques jours s'écoulent avant l'arrestation du dernier membre de la bande : un brocanteur qui habite une ville éloignée.

Poursuivant leurs investigations, les policiers découvrent dans les caves de l'Iris-Bleu et à l'entrepôt des magasins Morris un grand nombre de caisses remplies d'argenterie et de bibelots dérobés chez des habitants de River City. Les enquêteurs s'empressent d'en restituer le contenu aux propriétaires. De son côté, M. Lightner est enfin totalement blanchi : plus aucune accusation ne pèse contre le Joyeux-Carnaval et ses anciens clients ont renoncé à lui intenter un procès.

Un soir, M. Lightner vient remercier la jeune fille ; il la trouve dans son jardin, alors qu'elle s'apprête à aller se promener avec ses amis Marion, Bess et Ned. Alice fait les présentations avant de laisser l'homme s'exprimer.

— C'est grâce à vous que j'ai retrouvé ma réputation, commence-t-il. Je ne pourrai jamais assez vous remercier pour ce que vous avez fait pour moi. Votre père m'a dit que vous n'acceptiez jamais d'argent, mais j'aimerais vous offrir un masque, pour vous exprimer ma reconnaissance.

— Pas une cagoule de velours noir j'espère ? plaisante la jeune fille.

— Oh ! non. Je ne veux plus jamais en entendre parler ! s'exclame M. Lightner.

Et il continue avec un sourire :

— Mon cadeau sera le masque que portait autrefois une reine d'Égypte, belle comme le jour.

Sur ces mots, il ouvre une boîte, d'où il tire deux masques identiques. L'un est une réplique moderne de l'autre, manifestement très ancien.

— C'est magnifique, murmure Alice, émue. Merci mille fois, monsieur. Mais pourquoi est-ce qu'il y a deux masques ?

— Le premier est une pièce de collection et vous pourrez porter le second pour aller au bal masqué.

— Je le garderai aussi précieusement que l'autre, déclare la jeune fille. Je n'aurais peut-être pas l'occasion d'aller au bal masqué de sitôt !

— C'est ce que tu crois, observe Ned d'un ton narquois. Comme nous avons manqué le pique-nique et la soirée de samedi dernier, mes camarades ont décidé d'organiser d'autres réjouissances : cette fois, ce sera un bal costumé. Tu n'auras qu'à te déguiser en reine d'Égypte !

— C'est d'accord, s'enthousiasme la jeune fille. On va bien s'amuser !

Puis elle demande à ses amies :

— Et vous, en quoi allez-vous vous déguiser ?

— Oh ! moi, tu me connais : je serai en timide

bergère qui ne sait même pas compter ses moutons, répond Bess en riant.

— Je ne suis pas encore tout à fait sûre, il va falloir que je réfléchisse, dit Marion. Mais, en tout cas, je sais quel personnage je ne veux pas imiter !

— Lequel ? questionne Bess, étonnée.

— Celui d'Alice Roy, tiens !

Et Marion fait semblant de frissonner.

— J'ai essayé une fois, mais ça m'a suffi : il faut être fou pour jouer les détectives, pas vrai, Alice ?

Table

Composition ***Jouve*** – 62300 Lens

Imprimé en France par ***Partenaires Book***®JL
N° dépôt légal : 72899 – août 2006
20.20.1187.02/0 – ISBN 2-01-201187-x

Loi n° 49-956 du 16 juillet 1949
sur les publications destinées à la jeunesse